好味

陳曉蕾 著

JPC HK

代序
環保以外

陳惜姿

認識陳曉蕾時，她還是某暢銷大報的記者，跑的是政治新聞，初出茅廬鋒芒畢露的記者妹，雙眼發亮的。之後她轉去周刊副刊寫專題，農民工、公平茶葉、觀塘重建，什麼題材都寫一大篇，動輒五、六千字，有時過萬，我皺眉問：「有人看嗎？」但她仍是喜孜孜地寫。後來我主領的旅遊版要人，冒昧找她，她答應過檔來幫忙。

曉蕾寫什麼都特別認真，我記得她到埃塞俄比亞，她翻《聖經》寫示巴女王。到荷蘭，她寫青年佔領空置房子，都不是一般旅遊記者會寫的東西，很有自己風格。若她一直寫下去，應該又可以結集成書的。可惜，我離開雜誌社教書去了，她也沒留下來，卻不是立刻找工作，反而說，過往一年多去了十七個國家，要用一年時間好好閱讀有關那些國家的書。

因為，她說，她反正一世都會當記者，所以不急，先用點時間來讀書。

一世？當記者？現在我的學生當一年記者已覺不耐煩了，她決定當一世記者？

然後，她當起老師來，不是為轉行，而是想透過教書了解教育改革，原來仍是想寫書。結果這本書寫不成，離開學校後她再沒全職為報刊工作，改為當獨立記者，不斷寫書。她的新作，一本一本的寄給我，我笑說：「你寫書比我看書還要快，怎追呀？」她近年的著作，大都跟環保議題有關，垃圾問題、廚餘、光污染……深耕一個議題的結果，是她變成一個大名鼎鼎的環保記者，她寫的《剩食》甚至在台灣得獎，揚威海外。不好處也有，她常發嬌嗔，說自己其實不只懂得寫環保，大家都忘了……

對，寫人，寫食物都是曉蕾的拿手好戲。她是饞嘴的人，總能把食物寫得活色生香的，而人的故事又能從這些雞鴨鵝和咸魚青菜的色香味中滲出來。

這書結集了她在專欄寫過的人物訪問。訪問我寫得多，卻沒想過全都可以用食物貫穿。曉蕾對食物有特殊的崇敬，也有情意結，看到她在書末寫自己的故事，方知道愛吃的她曾有過這段由醬油炒肉而來的「黑暗童年」。

追隨她的讀者終可在她這本新作裡，看到一個環保以外的她。

目錄

我的媽媽

流落廚房

我的故事

和記
6元
8元
糕餅

一頓飯

張曼娟
最後的薄殼

那一年，台灣作家張曼娟獨個兒在香港中文大學教書，人在異地，頗不適應，流言繪影繪聲，說她天天都打扮得漂漂亮亮去玩，實情可是日日和助理困在辦公室和舊電腦搏鬥。很累很累，忽然看見門把上掛著一袋好吃的，有時候是剛出爐的蛋撻、有時候是新鮮的三文治，便知道好朋友Y來過又走了。Y曾經開書店，請過張曼娟出席講座。之前香港朋友大都盛宴招待，不是鮑魚，便是魚翅，Y卻會帶去各種各樣地道小館子，張曼娟還記得第一次去潮州店「打冷」。玻璃櫃子掛滿林林總總食物，感覺好誇張：「簡直就是走進《千與千尋》那大吃大喝的場面！」

Y通常都不大吃，只是喝啤酒，笑笑看著她開懷大嚼。

二零零三年一場瘟疫過去，張曼娟來到香港，自然少不得找Y。可以平安重逢，吃吃喝喝都分外開心，在離港前一夜，Y竟又帶著一盒便當去到酒店。「才開門，就嗅到一股鮮烈的香氣，忍不住咽下口水。」她依然記得好清楚，那是剛炒好的「薄殼」：蝴蝶花紋外殼，薄到近乎透明，嫩蜆肉滿滿都是湯汁，味道鮮甜得像是會發光。薄蜆只有短短一個月當造，難得可以吃到，她回台後記下當時的心情：「整片寧靜的海洋窗景，可以相交一輩子的好朋友，我被恩典的光芒籠罩，一句話也說不出來。」

只是好朋友，沒有跟她相交一輩子。二零零八年Y語調輕鬆地在部落格宣佈自己「is cancering」。他以最樂觀堅強的態度，面對反覆不定的病情，一方面認真檢視自己對生命的態度，另一方面嘻笑幽默地，不斷讓孩子和太太作好心理準備，期間尚有餘閒翻看所有杜琪峰的電影，寫了一系列影評。張曼娟知道消息，非常著急：「我要來香港看你！」

Y說：「不用啦，等我好一點來看你好了。」

「不行，我一定要來，機票都訂好了。」正好九月教師節台灣放假，張曼娟決定早上飛過來香港，待三小時，當天回台北。

「那太好了，這是最後可以吃到『薄殼』的時候。」Y居然答。

這時還顧著吃？張曼娟氣炸了，趕到香港，Y非常瘦，她甚至認不出來。「你一定要好起來！」她嚴重地警告他。那天吃了什麼？不記得了。過了兩個月，Y稍稍好轉，便去台灣，張曼娟帶他去花蓮看太平洋，他一個人赤著腳在海灘跑，很開心，回台北的火車上，他累得睡著了。

這是她最後一次見到他。

翌年Y出殯，來了超過一千人，過了很久，他的部落格還有人繼續留言，談電影、說人生。

二零一一年張曼娟來香港出任光華新聞文化中心主任，Y的爸爸找她吃飯，問她想吃什麼。「我不曉得，從來都是Y決定去什麼地方、點什麼菜。」這些年來他們吃過的飯店，她從來沒有記下來，因為沒料到他會不在。

那鮮甜多汁的「薄殼」，熱騰騰裝在鋁盤裡的，到底要去哪找？

「我想，可能不會再吃『薄殼』了。」張曼娟說。

陸離

蘋果核的大宇宙

問陸離：「你煮飯嗎？」

答案長達幾分鐘：「應該無，可能好奇有試一試，但應該是幻想。洗米、放進電飯煲，浸水過手背……好似有貪得意打開飯煲，經歷整個過程，但應該是錯覺。」進廚房，她頂多燒開水，年紀大了拿不動水煲，最近改用電水煲，為免弄濕電線，不敢直接放在水龍頭下，一杯水、又一杯水，能一次過燒六杯開水的電水煲，她小心翼翼地倒進五杯水。

「三分鐘就有水喝！」她語調相當興奮。

陸離五十年代開始擔任《中國學生周報》編輯，在《星島日報》、《蘋果日報》寫過專欄，一手把《花生漫畫》翻譯帶進香港、自掏腰包讓杜魯福電影在港上映、有份創辦香港國際電影節、連黃子華最初的棟篤笑，亦多得她大力向各方推薦，也出盡力氣推介電腦之父圖靈。

她身體好時，天天看七份報紙，家裡剪報多得像迷宮，精神生活擴闊刁鑽，但現實生活卻不斷被打敗，煮食只是其一。

「不懂煮飯，主要是被母親寵壞了。」陸離說。她在一九三八年出世，父親的元配生了四個女兒，為追男孩，才娶陸離的母親。母親之後也生了一個弟弟，可惜戰時夭折。就陸離一個女兒，母親非常溺愛，煮飯、編毛衣，連鞋子也親手做。一九六九年陸離和影評人石琪結婚，仍然和母親一起住，所有起居飲食都由母親打理。直到母親年紀大，開始請鐘點工人、外傭；母親不在了，繼續用鐘點工人，直至最近石琪退休。

陸離素葷都吃，對味道要求不太高，石琪弄三文治、煮麵，或者買外賣，都可以，然而對食物背後的「待遇」，卻異常地執著。「我看過深海的紀錄片以後，就不能吃魚，魚片或者魚柳也許可以，但一整條蒸魚，完全不行！」乳鴿、乳豬，她都不吃，連看到報紙上有燒全豬的相片，也急急剪走：「有些圖片裡的乳豬會笑！怎可能！」

最近她還和作家李默有點小爭拗：李默在臉書說吃螃蟹之前，要輕輕撫摸，陸離留言：「應該向螃蟹道歉啊！」「毛澤東、希特拉殺了成千上萬人都沒道歉，為什麼我要道歉?!」李默反駁。「可是你怎會把自己和毛澤東、希特拉比較？而且那些狂魔不道歉，不等於你不需要向螃蟹道歉啊。」陸離後來在電話繼續說，大家說說就拉到其他話題。

「我記得媽媽劏雞前，是有『儀式』的，未至於要拜一拜，但會說一句：『好好投胎』之類的說話。」陸離強調：「這是一種『禮』。」她接受動物會被人吃掉，但不能容忍人類刻意去令屠宰的過程更痛苦，不進廚房，原因也是孔子所說：「君子遠庖廚」，心有不忍，希望遠離殺生之所。

陸離相信植物也有感覺，連蘋果，亦要「敬畏」：「蘋果切開，中間一格格，住著果核，精緻得像宮殿！想想一粒核可以種出一棵樹，再有無數的蘋果，無數的果核又再變成無數大樹……這樣想下去，連結到『大宇宙』，簡直震撼！」

陸離相信人不只是活在一個宇宙，宇宙之外，還有其他宇宙，甚至在平衡時空裡，有更多宇宙，這許許多多的宇宙，才合成「大宇宙」——從一粒果核，想像經已無限大，看見原隻動物放上餐枱，那複雜的軀體結構，更是無法吞嚥。

「所以我整天都活在敬懼裡！」陸離坦言。

施永青
富得起吃廚餘

中原地產董事施永青今時今日和客戶吃飯，吃不完的，都會打包帶走：「我試過放在抽屜吃了幾日，那碟白切雞都變了『怪味雞』！」

在家裡，太太對孩子說：「食物跌了在地上，不要吃。」「跌在地上為什麼不能吃？不是食物？」他反駁，太太嫌棄：「跌在地上烏卒卒的。」「那可能不是細菌，是顏色罷了。」他仍然堅持。

他也不准孩子丟掉吃過期的食物：「個個只懂看數字，那是『最佳食用日期』，餅乾才過期幾天，為何不能吃？什麼能吃、什麼不能，你有眼睛的，讀那麼多書，有知識的！蛋白質的食物壞了不能吃，可是澱粉質的頂多有酒味，會發霉。發霉呢，也能吃，菇類也是菌，吃菇也就是吃菌，不過是大菌細菌罷了。」

和太太去超市，他專挑減價的凹罐罐頭：「凹罐不是壞，人家不要，就你要啦。」連女兒的舊同學，最近也跟他說：「你怎麼這樣刻薄女兒？」原來他每個月只給女兒一次零用錢，女兒為了省錢，不時吃同學的剩飯。但施永青一點也不尷尬，他和同事去酒樓飲茶，看見上一圍枱吃剩的點心，也會拿來吃，甚至跟侍應說：「你可以重複再收我錢，只是不要浪費。」

在《剩食》書籍講座上，施永青對我說：「我夠膽馬上跟你去吃酒席吃剩的。」

施永青小時家裡很窮，八歲放學後就去做童工，那是專門煮給工廠工人吃的飯堂，「牛肉」其實是澳洲雪藏兔肉、袋鼠肉絞在一起；所謂「石斑魚塊」，是當時最便宜的鯊魚肉。有時雞蛋都臭得發黑了，施永青想丟掉，老闆連忙制止：「別浪費，這才有蛋味！」

他很少有機會吃零食，有一次同學請他吃話梅，才那一點點，他從來沒有試過這麼「刺激」的食物！太好吃了，心裡決定，以後有錢了，一定要買一大包來吃。中學畢業後第一次出糧，立即買了一大包話梅——「唉，話梅原來一點都不好吃！」他這才真正知道話梅的味道。

可是，施先生，你現在發達了，為何不吃好一點？

他認真地看著我的眼睛：「什麼是好的系統？就是高效能、低消耗，人體也是一個系統，不挑食，才有生存能力。」

他開始演講：地球資源本身並不足夠，以前歐美國家生活可以這樣富裕，是因為背後有很大的貧窮第三世界去支持，但這幾年第三世界一些國家亦富起來，中國十三億人口、印度十億、連印尼亦有兩三億，經濟改善，人人都想活得好，中國人吃肉的份量，比八十年代多了四倍！以前一人一年吃掉不足十公斤，現在是四十多公斤，可是一個美國人平均每年吃一百一十多公斤！

如果地球上每一個人都想活得像美國人，肯定會有戰爭。

「我對孩子說：要練習把自己的身體變成低消耗系統，這樣不吃、那樣不吃，以後一定無法求生。」

講座後，「食德好」計劃的太太請施永青吃剩菜做的鹹酸菜，他不小心跌在地上，隨即撿起來放進嘴裡。

葉澍堃
高官的餐桌

葉澍堃二十一歲時考入政府當政務官，高興得不得了，人工高，福利好，去英國牛津受訓，更是生平第一次出國。

然而官場如醬缸，不是人人待得住，他三十歲時還特意自修考到律師資格，轉工？不轉？始終給「人工高、福利好」，綁住了。

一到五十五歲，馬上退休。

本來也可以再當官五年，但他寧可把時間留給自己：摸著紅酒杯，吃喝玩樂。吃得好，很重要。「不好吃，為什麼要迫自己吃？又不是走難無得吃，香港過萬間餐廳，很多都很出色。」他說來，理直氣壯。

電視台請葉澍堃上節目《名人飯堂》，報館馬上來電話：「讀者好想知道你的飲食心得！」他也不推卻，執起筆來寫食評，很快地，周刊又邀請寫專欄，一份、兩份，連內地雜誌亦不斷約稿。這幾年，不時周遊列國、主持電視節目、出席各大廚藝比試。「『高官食神』的稱呼是傳媒包裝罷了，一直以來，都要吃東西啦。」他強調一切都是無心插柳，隨緣發生。

然而就是同一碟食物，身份有別，滋味完全不同。葉澍堃由九六年起接任經濟司，一直到二零零七年退休時任職的經濟發展及勞工局局長，經歷香港經濟由最盛的泡沫，到至衰的疫症蔓延，回歸後政務官神話破滅，不時得和議員政客等吃吃喝喝拉關係，爭取支持政策。他談起，猶有餘悸：「那些都是『政治飯』，都得硬食！有時給對質得厲害，真的吃不下。」夜裡回到家裡，工人也睡了，唯有靜靜地煮即食麵。炒來吃？放芝士？通通都不會，就是一碗最簡單的麻油即食麵，填飽肚子明日再戰。

退下火線，一身鬆，他好喜歡現在身邊都是「飲食朋友」——「『無求』，兩個字好重要！」食物，純然就是追求好味道，不用再想「雞髀如何打人牙骹軟」。朋友都是一個介紹一個的：當上馬會董事，遍嚐美酒佳餚；遇到精於自製意粉的醫生，結識更多識飲識食的醫生；原來有朋友親戚家中的菲傭，居然可以煮二百多道名菜；去法國試米芝蓮、廣州吃走地雞、連名廚楊貫一都教他「鹹魚炒蛋」，每次即場示範都贏得滿堂掌聲……

「食物算是媒介吧，可以趁機旅遊、結識朋友、甚至幫助山區籌款扶貧。」他笑說寫食評比做官更多人認識，連在莫斯科也有廣州人請他一起拍照。

這些年來，吃盡珍饈百味，哪一道菜比較印象深？

他說不出來。

「各有各的好吃，不能說意大利菜比日本菜好，小館子有時也會比大酒店煮得好……」他圓滑地滔滔不絕，彷彿回到立法局議事廳。

哪一樣食物最有感覺？

「番薯葉。」他終於說：「小時家對面就是番薯田，打完風沒菜食，唯有下田摘番薯葉。放油清炒，頂多放蒜頭，現在偶然吃到，就會想起。」當年他十多歲，天天六點起床追火車，從沙田到九龍，坐船過海，再轉三號巴士去聖保羅中學上學，中學對面就是香港大學，只要考進去，從此不愁衣食。

歐陽應霽在內地做飯

歐陽應霽（阿齋）去了廣州開講座，在場大約有二、三百名大學生。其中一位男學生說，一天三餐都待在大學裡，都沒胃口食東西了。

阿齋問這學生：「今天吃了什麼？」

學生竟然記不起，想了好一會才說早餐沒有吃，午餐真的忘記了，剛剛吃完的晚飯，沒什麼味道，吃了都沒印象。

另一位女學生接著問阿齋：「看你到處吃好開心，美食都很貴嗎？」

阿齋馬上搖頭，但講多無謂，他決定要在廣州煮一頓飯給三十個大學生吃：展示最便宜的食材，也能做出好味道。

過去兩、三年，阿齋不斷為別人做飯，先是應雜誌約稿，到世界各地的朋友家裡下廚，逛當地的菜市場，買最新鮮的當造食材，並與朋友一起談天說地。文章結集成書選擇首先在內地發行，他於是在內地七個主要城市，不斷「開飯」，宴請當地讀者和傳媒。

「一般人愛吃，可以叫『飯桶』。」阿齋笑著說：「我可是『飯人』，自己做飯、為別人做飯，接觸真實的食材。」街市是最好的地方去了解一個城市，一個人在辦公室和在廚房，也可能截然兩樣，阿齋透過食物，好奇地探索。

遊走內地餐桌，他看見食物浪費：「有時看到鄰桌吃剩的，不禁想：如果夠膽，真的可以不點菜，甚至足夠吃飽再打包拿走！」一場飲宴滿滿都是菜，彷彿以吃剩多少為榮。阿齋的飯局呢，特意都是小菜小碟，寧可客人「半飽」，若有吃剩，一定會請大家帶走。

還有喝酒，以前他和北京藝術家交朋友，還會一起喝白酒，但這十年他都不喝了，頂多是淺嚐葡萄酒。人們吃剩還因為猛灌酒，自然沒胃口，就算吃了也嚐不出味道。不過阿齋也說接觸多了，開始明白飲酒背後的文化，國內一些名酒比方茅台，背後都是好長一段歷史故事，與經濟政治關係千絲萬縷。「酒廠的廣告都拍得像電影《建國大業》！」他形容喝酒與否，彷彿挑戰整個國家榮辱。

上海、北京、杭州、廈門……阿齋一個個城市去做飯。在杭州，當地相識的廚師朋友煮了龍井雞、大紅袍炆肉，阿齋也帶了香港新鮮當造的仁稔和仁稔醬，煮了幾道解暑的香港家常菜；在北京，做菜的地方是正在營業的私房菜館，幾乎要和師傅搶爐頭，好在阿齋出名做菜快，十幾分鐘就是一道配搭新奇的小菜。

阿齋外公是印尼福建華僑，在上海工作，媽媽在上海出生後去日本，父親則是廣東人，阿齋八、九歲時第一次為同學做菜，就是印尼雜菜沙律，平時家裡吃的上海菜飯，還會拌一些福建紅蔥頭。長大到處玩，也就理所當然地把各地的飲食文化混在一起：用腐乳煮意粉、韭菜水餃拌鼠尾草牛油、雪糕加鹽和橄欖油，烹飪如同遊戲。

「到處做飯，最重要是開心和分享。」他若有所思地說：「跟內地朋友愈熟愈關心，感覺到內地生活很多負面事情，能夠開心一起吃頓飯，並不簡單。」

盧凱彤
最美的蛋治

創作歌手盧凱彤（Ellen）好喜歡大坑某大牌檔的雞蛋三文治：雞蛋厚厚一層，沒有加奶也很嫩滑，麵包烘得香脆不燶，並且可以保留麵包皮，不會浪費。

她懂蛋治，因為她一星期平均四天全日吃的，都是蛋治。

Ellen 十五歲已加入女子組合 at 17，十九歲時她看了一本書《Fastfood Nation》：大型快餐店的漢堡包背後，原來是有無數黑市勞工在牛肉屠宰場被剝削，放下這書，她就決定不再吃豬牛雞羊。「整個肉食行業都非常不公平，我不要有份！」她本來連海鮮也不吃，但身邊人猛勸發育時期不能不吃魚，終於到了二十一歲，才開始吃素。

「飲食是做人的態度，個人的取向。」Ellen 一臉認真：「每一次吃東西，都是一次投票，表現對生活的選擇。」

旁邊的經理人直搖頭。

Ellen很堅持地繼續說：「好多人都覺得我是瘋的，同事都勸我別再吃素了，覺得會影響健康，可是黑市工人這事觸動了我，不應該是這樣的！我好微小，不能改變什麼國家政策，音樂事業又才剛起步，我能做的就是改變自己。我不一定很叻去辯論：你和我爭論要不要吃素，我未必能反駁你，但我不會因為你改變。」

她說六年前也曾經跟黃耀明和綠色和平一起去非洲加納，因為美國政府補貼的白米傾銷，摧毀了當地的農業。她去到一個家庭，小孩正在發高燒：「我好記得那一刻摸著小孩的膝蓋，熱到燙手！但我什麼都做不到，送他看醫生？還是找醫生來？那媽媽反而不斷對我說：沒事，沒事——為什麼一個國家的豐盛，會令到另一個國家的人這樣慘？」

Ellen心裡默默許願：是音樂把她帶到去非洲，以後要好好用音樂，去唱自己相信的。

入行十年，她直到二零一一年才有機會小心地寫下《在荒蕪中起舞》：一群人在森林狂歡起舞，把最後一棵樹斬掉了，也就從此迷路。愈是正面的訊息，愈要聰明，不說教，才有機會說服。她自覺現在還不能發揮太大的影響力，但終有一天，也許可以像英國樂隊Radiohead把舞台全部改用LED燈，選擇的場館都是公共交通工具可以去的；或者像台灣歌手盧廣仲清晨六點在台北西門町演唱，不收錢，還派早餐，早上舞台燈光都省下來，健康又環保，還吸引了過萬人參加。

Ellen的夢想，還有開一間公司，專門收集酒店自助餐吃剩的，處理後派給街上的露宿者。她每次聽見在咖啡廳工作的朋友說三文治、西餅、麵包打烊後都倒掉，都會心痛。

但表演事業很難不浪費，難道不用買衣服？

Ellen笑了，馬上指著經理人：「你告訴她，我買不買衣服？」出鏡的衣服，全部都是借回來的，她收起笑容：「我不能不用電話，也會用電腦作歌，沒辦法避免產生電子廢物，可是吃素，是我目前可以堅持的。」

Ellen這天連續接受了幾個訪問，唯一匆匆吃下的，就是雞蛋三文治。

岑寧兒
傍身玉桂水

岑寧兒（Yoyo）第一次在北京見到李宗盛，他開口就問：「what's music to you？」「你是 music lover？還是 music player？」他說：「你可以只是喜歡音樂，不是一定要做音樂。」

Yoyo 想了一會：「我想試試啊。」她本來也可以選擇電影，但在遇上李宗盛那一刻，答案就容易得多。

「那就試啊。」李宗盛繼續問：「你要當 performer，還是 musician？」Performer 的訓練是要能唱不同的歌，彷彿演員，不同類型的歌都能駕馭。「musician 呢，就選一個樂器，用一年時間看一個城市，看自己能寫出什麼。」李宗盛說，Yoyo 也不明白為什麼是「城市」，當時她二十一歲大學剛畢業，聳聳肩，就留在北京。

她小時學什麼樂器都沒能堅持下來，唯有隨手挑了一把結他。接下來四年，她待在李宗盛的工作室，周末去Jazz Bar唱歌，並且開始寫歌：「每一天都會嘗試對自己的感覺敏感一些，記下來，隨便哼下來的音樂，也寫下來，時時刻刻都在想，如何能變成一首歌。」

第一首寫出來的歌，叫《明天開始》，每件事都是明天才做啦，那是Yoyo當時掛在口邊的說話，朋友們聽了，都笑說這歌真寫實。她甚至寫了一首歌懊惱《寫什麼？》：寫心情寫太陽寫月亮，沒有什麼大道理想講，不憤世嫉俗沒需要咆哮，腦裡只有一堆問題，想坦白，可是又怕暴露自己……到底還有什麼是人家沒寫過，寫什麼?!

直到後來寫了一首歌《Mask》：

讓我帶著對你對一切的期望

讓我為你的期望裝模作樣

不敢被你看穿

不能再讓你失望

一開口清唱，那美麗的嗓子，教人渾身起了雞皮疙瘩。Yoyo也是憑著這歌聲被人認識，那是在北京四年後回到香港，在陳奕迅演唱會和五個朋友一起當和音，清唱《The end of the world》太投入，哭了，全場人人動容，陳奕迅衝口而出：「天籟。」

這兩年Yoyo決定在台灣繼續創作音樂，到不同的音樂場合演奏她在北京時寫的歌。她自資出版一隻小小的唱片，只有三首歌。「我沒錢錄太多歌，能力也只足夠做好這十分鐘的音樂啊。」她笑著不斷向桌上的唱片點頭：「多謝陳奕迅！多謝陳奕迅！不過看來要再唱多二十場才夠結帳！」

一步一腳印，她用很大力氣推開家人幫忙，爸爸岑建動在電影圈響噹噹，一出口便可以幫女兒打通人脈策劃定位；媽媽劉天蘭一出手，不費力便能觸目有型——「但那還是自己嗎？他們太強了，讓他們幫忙，我永遠不會知道自己是什麼。」Yoyo直到唱片發行，才送給爸媽。媽媽拿著不斷說：好靚啊好靚啊，爸爸感動如小影迷。

Yoyo唯一拿來「傍身」的，是玉桂水，這是岑家秘方：玉桂皮刨絲，放在暖杯裡用熱水焗一晚。「我伯父說玉桂是『藥王』，只剩一口氣的，喝了都能醒一會！」她誇張地睜圓雙眼，拍拍木桌子：「我以前一有流行感冒一定中招，現在明顯病少了。」每天早上，她都喝一杯。

收集世界空氣

白雙全

在汽車遇上可能是全港最古靈精怪的藝術家白雙全，連忙坐近窗邊，把通道旁的座位讓給他。

「最近在收集什麼有趣的東西？」我隨口問。

「我就正在收集你的體溫。」他認真地在筆記本上寫下我的名字、汽車類別、時間日期、出發點和目地的——這件事他已經進行了十年！

很多人都嫌棄別人剛坐過的座位，熱熱的，陌生的親密很尷尬，地鐵一排座位只坐了一人，一般都會選擇坐在另一端。白雙全卻勉強自己去坐那乘客的旁邊，或者爭著去坐別人剛坐過的位置。「人和人之間，容易互相抗拒，我是刻意去對抗這種自然反應。」他說：「把人與人之間彈開的力，拉回來。」

旁邊的乘客一般只會低下頭，扮作看不見。十年來，白雙全也曾經想過放棄，有些座位額外地熱，真的很不想坐；有時又懶得拿筆記本出來，但他形容這又是另一種張力：自己想做的事，能否持之以恆？

為什麼要這樣和自己過不去？

他笑笑：「這樣才會更仔細地去觀察啊。」他最近亦收集身邊一切「有趣」的事，例如剛剛發現句號好像月滿的月亮！登時所有文章的句號都變得好美，中文「月」字不能有這樣的聯想，反而英文「Moon」不但中間有兩個「月亮」，讀音也像「滿」，好圓滿！

關於食物，白雙全其中一個作品是：在超級市場買來不同地方包裝的薯片，不是為了吃薯片，而是收集裡面不同生產地的空氣！

不禁大笑：「那買不同地方的水果，就可以收集世界各地的水和陽光。其實你身上已經有不同地方的水啦：T袖的棉花可能是美國種的，褲子是印度棉，還有南美的牛，喝過當地的水才被宰下做皮鞋。」跟白雙全一起，想像力也變得很豐富呢。

他很雀躍：「我做過幾個水的作品！」試過收集了天空落下的雨水，用水槍射回天上；又試過變成一大塊薄冰，掛在天花板自然溶化，重演落雨；更好玩是放在一個小瓶子，每一次想看雨，就打活塞，讓雨水一滴滴，落下。

白雙全三十出頭，二零零二年畢業於香港中文大學藝術系，副修神學。他喜歡看豐子愷的漫畫，愛聽陳百強的歌，鍾意去旅行。二零零三年開始在星期日《明報》專欄創作，稀奇古怪的作品收錄在《七一孖你遊香港》、《單身看：香港生活雜記》、《單身看II：與視覺無關的旅行》等，近年還不斷到世界各地的藝術館展出。

他為自己，創造了很大很大的世界：「像你說我身上有全世界的水，叮一聲，本來平平無奇，發現了，嘩，變得很偉大！香港好有限，我們的身體也好有限，但在有限的環境，想像讓我可以去到好遠。」起初人們當他是怪人，現在卻又紛紛問他成功之道，他說秘訣很簡單：把選擇減少，時間拉長，速度減慢，好東西自然會出來。

收集別人體溫的紀錄，他打算進行一輩子。

素黑
暴烈番茄

如果要給素黑一個食物顏色，只能夠是紅色。張揚地、濃烈地，就像把最紅最熟的番茄塞進攪拌器，按掣那一刻，一切都豁出去了。

大家現在認識素黑，是擁有大量著作的作家，或者在報刊雜誌寫專欄的心性治療師，但在一九九五年，她丟下大學研究工作，一頭栽進劇場的世界，領著當時國內其中最先鋒的小劇場「戲劇車間」到外地巡迴演出。演出作品《零檔案》改編自于堅的長詩，描述一個人如何淪為一份檔案，即興的演出充滿張力：演員進進出出，一邊剖白，一邊燒焊，把一根根鐵條焊接在鐵架上，再把一顆顆番茄，插在鐵柱。最後，演員把番茄都拔出來，擲向大型的工業風扇，登時番茄如暴雨，濺滿整個舞台。

素黑如今還記得那台上過百顆番茄爆開的震撼：「整部劇沉重得不得了，唯一最自然的、溫柔的，就是那些番茄，卻給暴力地摧毀了。把番茄丟向風扇的一刻，真的就像按下攪拌機的按鈕！」法國、德國、波蘭、比利時、意大利、加拿大⋯⋯劇團在一年間去了十多個城市，每一處都起碼演出一、兩場，所以一到埗，就要張羅當地的番茄。有時當地助手準備的小番茄好漂亮，有些黃的、紫的，顏色好豐富，可是都不合格，只有最紅最壯的番茄才能在台上壯烈犧牲。

台上還有一塊大布幕，用足一整年，沾滿了各地不同的番茄汁，瘀黑斑斑如血跡，看在素黑眼裡，特別百感交雜——她第一次跟內地藝術家合作，受傷、孤獨、緊張、種種笑與淚的複雜回憶混雜在一起。

大家後來不歡而散。

素黑形容那一年，是一次「創傷」，但覺血肉模糊如那堆番茄。

當時對番茄失去胃口，然而近年，卻漸漸地愈來愈喜歡。「我其實最愛的顏色，是紅色！」雖然素黑總是一身黑衣，底下那烈女的真正本色，卻是去到盡的大紅。西餐廳的餐湯，紅湯還是白湯？想都不用想，一定是紅的。

去年素黑去英國閉關一個月，天天都與番茄為伴，無論煮麵、焗小米都要加茄膏：純味、無添加、double concentrate。回到香港，看到超級市場竟然有英國牌子的茄膏正在減價，馬上買了一大堆，過年還當作禮物送給爸爸弟弟。「番茄可以抗氧化，預防男人前列腺毛病啊！」她理直氣壯，覺得比送什麼都實際。

前陣子咳嗽，中醫師要求戒口，清單中就有偏寒的番茄。素黑不禁反駁：「為什麼不能吃番茄呢？加一點紅椒粉，不就中和了？」醫師仍然堅持，素黑決定不聽。「只要是深刻的感情，加上好的心念，沒有什麼是不好的，這是我一直相信的。」在專欄替無數男女解答感情困擾的素黑，自有其權威。

只是呢，有一樣番茄菜式她是不碰的：番茄片拌水牛芝士。一九九四年在北京，第一次知道番茄在內地叫「西紅柿」，她跟著劇場朋友去到一個駐華大使的豪華大宅，那大使太太是京劇名伶，卻端出一盤番茄片拌水牛芝士——貧窮與富貴、國藝與洋小吃，格格不入地突然撞在一起，素黑很不安，她沒吃一口。

到今天，仍然沒吃過一口。

John Ho 戀戀牛肉飯

每一天，John Ho的日子都差不多：起床，畫畫，吃午飯，畫畫，下午茶，畫，然後決定，啊，今晚吃什麼呢，煮飯還是上街？「有一位前輩說過：創作的最大難題，其實就是吃飯的問題。」John Ho說：「往往要解決吃的需要時，才發現自己非常寂寞。」

如果還在日本，他一定想也不用想，就去松屋吃牛肉飯。

打開他的繪本《東京肉肉》，赫然滿滿兩頁都是這間日本大型連鎖食店的收據，由第一餐，到離開，每一張小收據都記錄著時間和地點，鋪陳在眼前，彷彿一本小日記。

二十歲他第一次到日本，在松屋吃牛肉飯，馬上驚為天人：「從未吃過這樣好吃的牛肉飯！」在香港也有吃牛肉，當時在設計學院讀書，因為做功課，經常去金鐘，就在金鐘吃了人生第一碗日式牛肉飯。可是日本的，就是不一樣：「香港的通常都好多汁，可是日本不會濕濕的，而是每粒飯都可以用筷子夾起來，那些白飯好好吃，光吃飯都好好味。」

他眼中的日本，「好靚好靚好靚」，一連重複了三次，還細細形容連一張地鐵車票也如何地小巧精緻。

要去日本！

自此經常赴日，並且每次下飛機，第一餐就是去松屋吃牛肉飯。朋友都被他影響一同上癮，試過回程時還要替朋友外賣上飛機，過了六、七個小時打開的牛肉飯，朋友吃時，仍然「爆粗」地大讚好味。

二零一零年他終於存到足夠的學費去日本留學一年。住的地方，樓下就是松屋。有時甚至特地帶一顆生雞蛋，牛肉飯，加薑，再打一隻生雞蛋——「好味到呢，是沒辦法用言語形容的。」他說。勉強要想像，就是窩蛋牛肉飯和免治牛肉飯的分別吧！

John Ho 也不是沒有吃過更貴的牛肉飯，只是加上感情分，連鎖店松屋竟然贏了。他看著店裡的工作人員，勤快地洗碗，非常專心地做好每一碗牛肉飯，看著看著就覺得感動，腦裡不期然會浮現一句話：做人和創作，都要有良心品質。

留學那一年，瘋戀松屋：定下「每日松屋計劃」，以為可以迫自己吃到生厭，結果，也的確間斷地有一段時間沒去，可是總不夠一個月，又再回去。

二零一一年三月十一日，日本大地震。John Ho 在學校課室裡，經歷了一次又一次的震動，恐懼得很；當晚他抱著女朋友，每一次餘震，女朋友都好害怕，兩人就這樣臉貼著臉，天漸漸發亮，響起鳥兒的叫聲。「不知道松屋有沒有開？我去吃好了。」他說，她不肯，堅持煮了一頓飯。

小收據上印著三月十三日，十四日，松屋在地震後隨即重開，但為節省電力只開一半的燈。女友的家人很擔心，她很快便回韓國，然後，John Ho 也回到香港。

現在他仍然會上網看松屋有什麼新餐單，可是和她，卻再沒聯絡。

江康泉
唔該「茶走」

一個畫家如果在歐洲，可以在咖啡廳坐半天，慢慢捕捉創作靈感；如果在內地，比方成都，也可以待在茶館泡一整天，可是在香港，就沒有那麼多地方可以閒坐了。

漫畫家江康泉（江記）常常去的是大型連鎖快餐店。「因為小店去兩次就會跟伙記熟了，不好意思再坐很久，可是大集團的快餐店『非人性』，完全沒人會理你。」他笑著說：「誰叫大集團霸了那麼多地？我們沒有公園坐，當然就來當公園！」

江記發現像他一樣想法的人一點也不少：無所事事的長者、等著接孩子放學的太太、下課後沒處去的學生……

他把耳朵豎起來，就會聽到很多「民間智慧」：女學生會說，發育時千萬不要減肥！要先長高，肥可以減，矮無得高。太太們又會說最好打的清潔工作是酒店，吃得好，下班前又可以洗澡。有一次，鄰座一群女人還大談跟男朋友的性生活，「她們似乎都不擔心旁邊的人聽到？好公開！」江記坦言：創作的人都很八卦！

題材源源送上門，轉化了可以入畫。江記的創作很多元化，文學雜誌《字花》那些詩意的封面，都是出自他筆下；《明報星期天生活》帶點黑色詭異的Pandaman，反叛地對抗敗壞的大時代；而在《am730》的四格漫畫「飯氣劇場」，卻總是天真親切地嘻嘻笑。這四格漫畫早在二零零三年開始，開始時只是練習作品，每天在午膳後「飯氣攻心」的時間，傳給五、六個朋友開心一下，後來在網上傳開去卻大受歡迎。

「飯氣」裡面最好玩的角色之一，是一群頭頂永遠頂著一粒電腦鍵盤的企鵝，每天便是被老闆「手指指」不斷按、不斷按，「Q」仔很苦惱，覺得撐不住了，可是看到「Enter」被壓得更慘，完全站不起來，而且一大塊Touch Screen已經在眼前，飯碗朝不保夕啊。

埋頭苦幹之際，突然湧來「咖啡洪水」！

「我真的試過上班頂不住，特地買一杯咖啡，卻整杯倒瀉在鍵盤。」江記吃吃笑。其實他到目前為止，正式去大公司寫字樓上班的日子只有一個多月，暫時頂替朋友擔任設計師。他坦言很不習慣：「會擔心起身斟水的次數會否太多？上廁所的次數會否太多？吃飯時總得一整班人，但又不是很熟，沒有什麼話題。還有，電腦鍵盤聲、冷氣機聲、光線……總之就是不慣啦。」

他在灣仔富德樓租了工作室，可是最愛，還是去食店吸收靈感。雖然常待的是大型快餐店，不過最好寫的，還是茶餐廳。「飯氣」裡有個角色是剛入行的「新丁」，每次看到有人用力把菠蘿包壓扁，都覺得菠蘿包很可憐——「靚菠蘿包的脆皮是不會跌出來的，其實不用按啊。」江記說。

有一篇〈茶走〉，是真人真事，茶餐廳術語「茶走」指「奶茶走糖」，即是以煉奶代替糖，「新丁」聽不明白，竟以為要把茶拿走！江記說：「我看著那個侍應阿叔，很認真地想了一輪，非常誠懇地拿走杯茶，我其實很欣賞：他是在可能的範圍裡盡量思考，然後解決事情啊。」

劉斯傑
下一站排檔

花園街慘劇後，「劏房」的安全問題尚未認真關注，由旺角直到深水埗的「排檔」已經不斷地被票控，政府並且匆匆提出取消牌照方案。

劉斯傑看見慘劇發生後翌日，大批食環署職員馬上到排檔發告票，不禁心痛：「保障住客安全不是不重要，但要改善排檔環境，也需要時間啊。」這位出版《香港彈起》的立體書作家，剛好正在研究排檔。

他上一本著作《車仔檔》，已經令人唏噓：腸粉、豆腐花、雜味餅乾等等滿有特色的車仔檔，一個個好玩地從書中彈起來，現實生活裡卻一一消失。

劉斯傑小時在深水埗上學，天天都光顧車仔檔：當年小販的攤檔可以比一張單人床還要大，炒麵不是一款兩款，而是十幾款！八十年代初唸中學時，小販已經走進後巷偷偷經營。他每天上學前買一袋炒麵、一碗柴魚花生粥，拿回學校慢慢吃，吃得好飽！放學就去「戳」魚蛋，那可如今常見的大滾油炸，或者咖喱水煮，而是少少油煎起的細細粒魚蛋，一堆放進紙袋，再加醬油。

「前菜先吃一串牛雜，主餐是一碗車仔麵，吃完大菜糕，再喝鮮榨蔗汁，這就是我的風味大餐！」在滿街車仔檔走一轉，晚餐也有著落。

到了九十年代，車仔檔是夜裡的幽靈，悄悄現身，急急走鬼，劉斯傑夜裡下班，又冷又餓，看見小巴站旁邊兩個車仔檔：生菜魚肉碗仔翅和糯米飯，馬上精神大振，甚至連開夜班，也彷彿變成一種期待，工作特別起勁。

他開始創作立體書，一邊畫，車仔檔一邊消失，才剛畫到他和三歲女兒都至愛的雞蛋仔，大坑炭燒雞蛋仔伯伯便被票控，不能繼續在街上經營。

劉斯傑一直希望透過立體書，把香港人拉近。他曾經從事動畫八年，深明立體動畫的大趨勢，可是依然選擇用古老的紙藝創作。「我親眼看見一圍枱吃飯，幾乎全部人都在低頭『捽機』（用智能手機或平板電腦），只有幾個老人家在談話。如果大家看報紙，起碼也會交流一下，然而網上的世界，完全是個人的世界！」他對第一本立體書《香港彈起》的幻想，便是媽媽可以指著彈起的七層大廈，告訴女兒什麼是「天井」，小孩子單看照片，未必能夠明白，大人也可以乘機說起當年的生活故事，兩代就多了話題。

「像這次畫車仔檔，幾乎所有讀者都會想起一些我沒畫下來的車仔檔。」他說：「這一點也不出奇，很多車仔檔都可能是全港唯一的，沒可能都畫下來，但可以令大家想當年、熱烈交談，很好啊。」

劉斯傑自言甚少上街示威，不會把自己綁在天星碼頭阻止清拆，但也希望不止是慨嘆無奈。他通過立體畫創作去紀錄，引起討論，在《車仔檔》最後一頁，他畫出了心目中的「車仔檔理想國」：把城市裡一些閒置的空地，給車仔檔短期經營，提供水電，甚至請清潔工人，方便市民又確保食物衛生，更重要是保留車仔檔的文化特色。

現在他迷頭迷腦研究排檔：小小鐵盒打開竟然就是整個檔口。但願這民間智慧，不會只在書裡出現。

林輝
八十後的辣魚蛋

林輝最愛吃的食物，是辣魚蛋，才五、六歲便已經好喜歡，每次買一串還不夠，起碼要兩串，多到要放在紙袋裡。

本來這樣小的孩子會怕辣，可是林輝父母都是來自東南亞的華僑，家裡餐桌不時會有咖喱菜式。林媽媽會把雞翼用咖喱汁醃了，再拿去炸，一碟十隻，林輝自小就可以一口氣把整碟吃光。看見兒子喜歡吃辣魚蛋，林媽媽也會在家裡煮，魚蛋、咖喱粉、洋蔥，但用料再足，仍然比不上街邊的小販。

那時林爸爸林媽媽從內地來到香港，如同很多華僑一樣，去了工廠林立的觀塘落腳。觀塘裕民坊的街邊好多小販，林輝記得最初是五毫子一串五粒辣魚蛋，後來賣到一元五粒，再後來整條街的小販都被迫走了。

「香港不讓人當小販，是很不應該的。」林輝一說便停不下來：「小販曾經是很重要的『社會階梯』，讓一無所有的人，可以自食其力向上爬，街邊賣魚蛋的，只要勤力、食物好食，就有機會賺到錢，變成小食店的老闆，甚至開茶餐廳。可是現在？街邊只給人擺寬頻，是大財團才有資格去做生意，而擺寬頻的人，永遠不會成為寬頻公司的老闆！」

得知道林輝天天都在報章寫專題，評論社會時事。他是智庫 Roundtable Community 總幹事，曾經當過民主黨區議員助理，出選過區議會選舉，保留天星碼頭、反對起高鐵等社會運動，都會見到他的蹤影。雖然出生於一九七九年，還是被視為「八十後青年」的其中一位代表人物。

他一談起小販便滔滔不絕，由公共空間使用權一直扯到社會貧富懸殊：「現在魚蛋五元六粒，甚至六元五粒！愈來愈貴了。」

裕民坊沒有了街邊小販，林輝不斷光顧其他小販的辣魚蛋，都覺得沒有小時吃到的好味道，他甚至誇口吃遍全港的小販和小食店，最後只有尖沙咀小巷一間小食店的辣魚蛋，味道相近。「我不懂得形容，辣魚蛋不止放咖喱和辣油，還有很多秘方吧。總之尖沙咀那間，我一放進口，就是小時觀塘小販的味道。」

最近他很高興地在臉書宣佈，找到彩虹道大有街熟食檔中心一間小食攤子，便宜得難以置信：「我看見價錢牌還不敢相信：竟然五元十三粒魚蛋！我買了五元，那老闆還問要不要加沙嗲汁，說附近學生吃辣魚蛋，都好喜歡再加他的沙嗲汁。能夠賣到這樣便宜，都因為這熟食中心還沒被領滙收購啊！」

臉書留言，紛紛大罵領滙以至地產霸權。

小攤子自己磨的豆漿一杯三元，豆腐花一碗四元。林輝買五元辣魚蛋、加豆漿、豆腐花，也只是十二元。「簡直是天堂！」這「八十後」青年，笑得眼角皺作一團。

葉嘉榮
苦力一碗麵

二十一歲的葉嘉榮（Kelvin），每一天都當苦力。

搬家家俬雜物帶不走，他上來「清場」，連醬油、衣架、鋼絲刷都盡量拿走。他非但不是拿去賣，還自掏腰包租了一個工廠單位放好，然後讓人們免費來取。

「善用資源，不用送去堆填區啊！」他理所當然地說。

可是這樣怎可能撐下去？別人不要的東西，有人會要嗎？地方遲早會塞滿！而且人們不用付出任何代價便可拿走，不會變得貪心？若有人拿去賣錢，不更吃虧……幾乎每一天，Kelvin 都會被問這大堆問題，他的回答非常簡單：「關鍵是信任，人們認為壞人比好人多，這種好事一定無法實行，可是我相信好人更多，壞人可能只是 5%，不會壞事。」

三年前的 Kelvin 和一般學生沒分別，因為參加「反高鐵」示威，眼界大開：「原來香港這樣大鑊！政府唔講道理、傳媒又偏頗！這都是我以前沒想過，顛覆了我所有的想法。」「佔領中環」行動，他第一日便參加，義無反顧在滙豐銀行地下的廣場住下來，一住大半年，他說自己是住得最久的人。

那時他還在唸營養學的高等文憑，早上上學，晚上在廣場做功課，並且不斷和四方八面的人討論各種社會議題。

理想大得嚇人：「我想改變社會！」

生活卻卑微磨人：睡在街上，車聲嘈雜，東西又不時被偷。「那廣場全部掃一次，要六小時！」Kelvin 在佔領中環行動還沒完結，已經和朋友一起夾租一個三千呎的工廈倉，成立無莊青年公社（Nobanker Youth Commune），希望實踐爭取公義的生活，有地方和人手「做出一些平常做不到的大計劃」——可是八人說合租，真的實行只剩三人。

地方有多，剛好看到臉書群組「Oh Yes It's Free」徵求地方，就免費借出來。

「Oh Yes It's Free」專門讓人們把不要的送出來，九月開始有公社這空間，交收物件除了約見、郵寄，便多了一個地方寄存，愈來愈多人把家裡不要的，通通拿上公社。更厲害是一時來不及交收的大型家具，終於有地方暫放，甚至連垃圾站裡棄置的，都被搶救過來！

Kelvin 天天整理，把紙盒剪成貨架，把雜物分門別類：首飾、餐具、嬰兒用品……四處收回來的家俬，堆放起臨時的生活空間。他在佔領中環時，曾經因為時薪高兼職當搬運工人，有次跟車去堆填區，心痛地看到好多家俬淪為垃圾：「我把家俬雜物回收再送出，就是讓大家知道平時多浪費！有用就拿，冇用便放，慢慢大家會反省生活的實際需要。」

「Oh Yes It's Free」的人數由暑假至年底，很快便增加到一萬多人！每天幾十人上公社，周末更可以超過百人，今早在垃圾站拾到的雙人沙發，下午便被領走。Kelvin 忙來忙去，心裡很開心，天天在中環談如何改變社會，現在卻意外可以深入社區，認識大量沒有參加過社會運動、甚至對環保不認識的人們。

「有位先生最初很不屑太太參加『Oh Yes It's Free』，覺得是『貪小便宜』，可是後來連雪櫃都可以『貪』回來，驚訝之餘開始不時上公社。也有些高收入的家庭，購物前也特地先徵求，大家都減少用錢，很好！」Kelvin 笑著說。

反對資本主義、反對消費主義，他希望提倡的，是「禮物經濟」，大家更願意把資源送出來，收了禮物的為免欠人情債，也送出更多物件。「搬屋不收錢，就是我的禮物。」他說公社樓上的公司老闆，自從接收了一張床，就開始免費借出「唧車」，方便搬運。

但日搬夜搬，身體還是勞損了，那天 Kelvin 在公社一說腰痛，現場剛好有按摩師馬上替他治療，「手勢比那兩部過千的按摩機，好得多！」Kelvin 說在 Oh Yes It's Free 提起，也隨即收到兩大紙袋的藥油。甚至有美容師免費替 Kelvin 清黑頭！Kelvin 也很高興收到大量漫畫，成立「漫畫堂食服務」，讓上來公社的人看，公社堆放好多張沙發，人人都可放鬆窩著看書。

「好奇妙！」他愈說愈開心，枱頭那碗麵：麵條是志願機構有多餘，捐出來給公社；醬油麻油紫菜碎，全是人家搬屋不要的；午餐肉是上公社的人們送的。公社也接受打賞，現金交租後，便有錢買雞蛋和青菜。

公社租約只剩幾個月，Kelvin 卻不擔心未來，三年前參加社運，他根本想像不到有今天的「好生活」，若公社和群組都是社會有需要的，自然會活下去。「以前同學都當我傻，現在居然羨慕我可以實踐理想！」他接到電話，又再出去搶救家俬。

豐剩聖誕盛宴

晚上十點，商場裡的大型超級市場關門。

十點半到十點四十五分，員工開始丟垃圾。

十一點十五分，幾個人站在商場的垃圾房，門有鎖，但只要「有技巧」，就可以拉開一條縫，僅僅夠一個人揳入去。大量的垃圾筒裡數不清的垃圾袋，帶頭的青年看看垃圾袋，同樣都是黑色，超市用的不同顆粒、不同色澤，左翻右翻都沒有收穫，突然他看到一扇門，肯定地說：「食物就放在門後的垃圾筒！」果然一大袋新鮮麵包、一盒盒壽司、冷麵、刺身、草餅、豆漿……

十二時零五分，幾個人帶著三大袋食物離開，走到尖沙咀文化中心派給附近的露宿者，然後再到中環，繼續分給「佔領中環」的示威者。

帶頭的青年 Mark，在人們口中，神話一樣：二十二歲美國人，不帶金錢、不穿鞋子，純粹搭順風車、垃圾筒撿食物、隨緣找地方睡……這樣流浪了兩年，二零一二年在香港出現，每晚都拎著一大袋麵包，回到滙豐銀行地下的示威區「佔領中環」。

跟著Mark的年青人，一些是中文大學新聞系的二年級學生，隨即在六月四日成立「豐剩」：收集浪費了的食物，送給有需要的人。

「我到現在，還記得打開垃圾袋那股麵包的香味！」文萱說，她是其中一個跟過Mark去超市垃圾房撿食物的大學生，之後她還去了十多次。最記得因為被傳媒曝光，垃圾房加強管理，她和一個女同學正在攞垃圾筒，給保安員發現，保安員開頭破口大罵，後來卻問：「是給露宿者吃的嗎？」隨即拿出更多超市丟掉的食物！

文萱說僅僅是麵包，一間超市一晚便閒閒地丟掉一、兩袋黑色大垃圾膠袋的份量，她平時不捨得買的精美日式餅點，都淪為垃圾：「我們捨不得買，他們卻捨得幫你丟！」魚生、壽司更是多得吃不完。

這樣撿食物，衛生嗎？「我腸胃不好，但吃了這麼多次，都沒試過拉肚子，有次看見魚生過期兩天，便用來煮烏冬——二百多元的魚生用來灼麵，從沒試過這樣豪！」她笑著說。

創辦「豐剩」後，文萱不斷和朋友一起到大小宴會回收吃剩的食物，試過一晚回收六個婚宴的食物！有次只是去了兩場宴會，可是已經收到整條蒸魚、四隻雞……

食物多得塞滿捐給「食物銀行」的雪櫃，派了二、三十盒壽包和糕點給露宿者，還是有剩要帶回家，家人迫著吃了幾天炒飯。她坦言每次情緒都上上落落：「沒有人喜歡晚上十一點不好好待在家裡，卻要出去，可是每次救回好多食物，又覺得很開心，好在有出來！」

有時也聽到難聽的說話。像一次大學書院聚餐，「豐剩」的同學打包了兩大盤火雞，回宿舍途中，卻有本地同學嘲笑：「你們這樣餓嗎？」

這事寫了放上臉書，馬上惹來齊聲反駁：食物吃不完，打包是常識吧！「豐剩」在臉書的群組，才半年便超過五千人。

二零一二年十二月二十二日，「豐剩」的同學在大學舉行聖誕派對「剩食方舟」，之前幾天同學們跟著「食德好」的街坊去街市收集青瓜、薯仔等賣剩的蔬果；到中、小學收集聖誕派對吃剩的沙律、意粉、排骨、煎釀三寶；在上水廚餘回收場收集超市不要的水果……大學的雪櫃被擠得滿滿的，都是一盒盒裝滿食物的錫紙盤，最底的蔬果格，塞滿茶餐廳不要的麵包皮。

一間蛋糕店捐出大量蛋糕碎，看著那女主人從雪櫃拿出一袋又一袋，簡直拿不完似的。「餅碎平時都有，但十二月實在多得誇張！」女主人說，這個月不斷開班做蛋糕，成品是漂亮的立體聖誕老人、人形的薑餅人，看了就會明白為何會切掉這些餅碎。

同一塊蛋糕，一些變成「嘩，好靚啊。」一些只能淪落垃圾筒：「咦！污糟！」但在「豐剩」的聖誕派對中，這些蛋糕碎先是成為工作坊的材料，變身教育工具，再重新裝飾創作成精美的派對甜品。

文萱看著蛋糕變身，好高興。

樂仔
雙非的抉擇

二零一一年七月，十六歲的樂仔早餐吃了一碗雞蛋麵，那雞蛋是家裡的母雞下的，本來是最平常不過的滋味，這刻卻深深印在心裡。

吃完這碗麵，他就離開廣州的家，去香港。

生活從此不一樣：早上餓著肚子去上學，周六周日去茶餐廳送外賣，連咖啡和奶茶都分不到，因為從來沒有喝過，早上七點一直工作到下午兩點才下班，趕緊回家做功課。房間很小很小，只有家裡的五分一，勉強放下一張雙層床，樂仔睡上格，輪流領雙程證來港照顧他的父母睡下格。這間有電梯的「劏房」找了很久，因為父親只得一條腿，沒法爬樓梯。

二零一一年底報紙以「悲情劏房少年」為題刊登了樂仔的故事，收到捐款足夠支付一年租金，甚至有讀者義務幫樂仔補習英文。報導似乎很小心地沒有用「雙非」去形容樂仔的身份，可是在網上還是被發現了，引來一片非議：「你願意香港每十八分鐘花一百萬元養育『雙非』兒童嗎？」

「因為大陸的『一孩政策』，媽媽不忍心骨肉被殺，走頭無路才來香港。」樂仔熟練地解釋：「不知道是我命運不好還是註定的，在雙程證到期的前一天，媽媽在香港的醫院生下我。」

可是內地超生，可以用罰款解決？「我不清楚……媽媽說一定要來香港生我。」樂仔開始猶豫。去年來到香港，已經到了合法工作年齡，樂仔說是因為父親九年前遇車禍，付不起學費，想繼續讀書唯有來香港。「我們原本……以為可以領綜援，來到才知道未夠十八歲，不能申請。」樂仔有點尷尬，但還是理所當然：「我只有香港身份證，不能在內地工作！」

多少香港人都到內地工作，怎會不行？樂仔似乎真的嚇一跳：「可以在內地工作？這個我第一次聽！」

開始不忍，樂仔坦言在內地生活很幸福，有姐姐，有同學，放學去捉魚，放假一起去爬山，連家裡母雞生的雞蛋，都比香港的好吃得多。來到香港因為英文跟不上，原本升中四現在要留級讀中二，不上課的日子全部要去茶餐廳打工，完全沒有機會玩耍，要和家人分開，房租由別人捐助，甚至要定期去食物銀行，萬般不適應，都得硬著頭皮撐著——只因父母堅信：香港比內地好。

說到底，會否也是父母一廂情願地「望子成龍」？

「始終在香港工作一星期，人工等於在內地一個月。」樂仔也願意相信在香港會有更好的將來，賺到錢，可以在內地買房子給父母住。

假如香港工作條件還比不上上海北京，會否後悔這樣苦苦來香港？

樂仔無言。犧牲很大，生活很難，樂仔瘦了。現在他最愛吃的是揚州炒飯，因為覺得最大份、最抵食，茶餐廳下班後可以免費吃一盒，甚至可以帶回家分給媽媽吃。

甘仔神父為你絕食

甘仔神父（Father Franco Mella）很可能是為香港絕食最多的人。

第一次：一九八六年油麻地避風塘十四位「水上新娘」要被遣返內地，甘仔靜坐絕食，這在當時是大新聞，官員馬上請甘仔停止，並在半年內，讓一千二百位水上新娘獲准來港和家人團聚。第二次：一九八七年特赦「小人蛇」，七十五名帶孩子辦手續的「無證媽媽」隨即被押進監獄等候遣返，甘仔絕食，政府最後讓一百位無證媽媽先後在四年內來港。

最長一次，二零零二年政府要在四月一日前遣返港人在內地所生的成年子女，甘仔在三月絕食十一日，不果，又在四月絕食十日。二零一零年中港兩地政府終於容許這些成年子女透過單程證剩下的八萬名額來港，但申請細則遲遲不公布，甘仔宣布無限期絕食，五日後不少團體聲援與政府展開商討，他這才停止。

然而第一批五千人來港後，第二批申請細則又沒有聲氣。甘仔說再等半年，便會靜坐，下一步，唯有絕食。

「如果你有一個目標，你的精神會支持你的身體，當然精神還是想吃東西，那就讀聖經，或者找精神上的支持，看書，精神便會強一點。」甘仔說不吃東西，只喝清水，精神反而會尖銳一點。八十年代，他曾經在日記裡寫道，絕食是奉獻自己：「我要準備放棄一切來攻擊內心的敵人和命運主義。它常常迷惑我們，叫我們扯白旗，妥協投降。」

可是現在絕食作為抗爭手段，已經得不到昔日的社會關注，還有用嗎？

「絕食當然希望有反應，但反應好難估計，可能你的朋友在行動？絕食到底也不是給別人看的，而是和人們一起把行動升級，分享他們的痛苦，分享他們的緊張，不安。」甘仔說話的聲音很輕，帶著口音，可是每一個字，都清清楚楚放進聽者的心裡。

但我還是問了：如果絕食沒用，下一步會否像一些僧侶自焚？

甘仔仍然溫和地搖頭：「絕食會死，但還是有機會停止，自焚如何停止？要珍惜生命。」

生命比身體更重，甘仔二十多年來，絕食了超過二十次，第一次之後，牙肉開始縮短，沒多久，全部裝上假牙。

甘仔可是母親的珍寶。他一九四八年出生在意大利米蘭，母親是虔誠的天主教徒，在兒子出生那天就禱告：「我願意把這小寶貝奉獻給上主，因為我看到最好的東西，都在上主那裡。」甘仔才八歲，母親已經逢人便說：「我這個兒子，將來要當神父的。」十八歲，甘仔決定當神父，並且出國傳教，母親登時流眼淚，她沒想到是這種神父！

六十年代的中國，是很多歐洲青年心目中的理想國：人民公社、上山下鄉、實踐共產主義，甘仔也深深受感動，一九七四年離開意大利，因為不能直接進內地，才先到香港。

但直到今天，他口袋裡仍然有一本紅皮《毛語錄》。甘仔堅定地說：「共產主義最初就是來自基督徒，你看聖經，初期的教會門徒都是一起分享。」

一九九一年甘仔開始待在內地教書，去年內地教會不理梵蒂岡反對，任命廣東汕頭教區主教，甘仔和一些神父去香港中聯辦抗議，接著入境簽證就被取消。甘仔在內地工作二十年，突然就回不去了。

四周一片「蝗蟲」聲漫罵之際，甘仔神父守在香港，為爭取居留權的朋友上課教英語。

一月二十九日，終審法院曾經在一九九九年這一天判決港人的內地子女擁有居留權，過去十三年的這一天，甘仔都會靜坐，甚至絕食爭取這些子女來港。有記者在靜坐集會訪問甘仔，他說：支持所有港人內地子女有居港權，也支持雙非孕婦和外地傭工有居港權。

報紙只輕描淡寫提了一句，大家似乎都太習慣甘仔的無限愛心。

可是甘仔愛心背後，還有正義感。他很生氣政府公然撒謊：在終審法院判決後，聲稱港人在內地所生的子女多達一百六十七萬，導致社會嘩然，甚至任由人大釋法推翻法院判決。今天他同樣把矛頭指向政府：「前特首曾蔭權曾經說香港人口要有一千萬才可以和國際大城市競爭，現在才七百萬啊！雙非孕婦不能來，不過因為床位不足，增加床位便可以了，她們又不是有傳染病！」

早在十年前法院判決雙非子女有居留權，港府不但沒有相應增加床位和學額，竟然還削減護士和殺校，現在兩方吵得鬧哄哄，港府卻是袖手旁觀。

甘仔堅持雙非子女也有權來香港：「如果父母想孩子唸天主教學校，或者佛教學校，為什麼不可以呢？」

外地傭工一直都教育、照顧香港人，一些並且有教育和護理文憑，工作滿七年後，為何不能申請居留，成為現在或即將短缺的護士或教師？甘仔特別不滿工聯會上街反對外地傭工可申請居港權：「工會不是相信共產主義的嗎？爭取各地工人權益的『國際主義』路線，怎會淪為『國家主義』？」

昔日火紅的人也有很多，就是仍然相信的，多半選擇不同的手法，例如像梁耀忠從政、施永青做地產……甘仔始終如一，以前住小艇，現在住小房間，堅持和人們生活在一起。

有時人們也令甘仔難過。一位曾經得到甘仔絕食幫忙爭取居港權的「水上新娘」，接受記者訪問時說自己是香港人，卻指港人在內地所生的子女不是。甘仔不禁說，幫忙人們得到想要的，並不算成功，而是人們得到自己的人權後，還會關心其他人。甘仔不能回內地後，幾乎每一天都在「居留權大學」上課，希望文化知識帶來改變。

他坦言有時也很累，但像馬拉松長跑運動員，很累很累可是很開心：「我們的生命就是我們的使命，我們選擇了這樣的路，已經知道生活是這樣。」

訪問當天早上，甘仔在港鐵上聽到意大利北方地震，暫時沒有傷亡報告，他馬上去旺角的小店上網看新聞，心裡很掛念在當地的家人朋友。縱使這樣，他也沒想過「告老還鄉」。

「我更想『上山下鄉』，現在最想去的，就是內地的農村。」他笑笑說：「我不覺得自己是意大利人還是中國人，我住意大利，意大利就是我的國家，我住內地，內地就是我的國家，人類，你屬於什麼國家？」

「我屬於人類。」

死囚最後一餐

獄中不見天日，突然送來一盤雞，被囚的悲從中來：「時間到了嗎？」這是電視肥皂劇的場面，現實中，死囚的最後一餐，總是耐人尋味。Eat to live, or live to eat？到了這時候都不必再問，這頓飯吃下去，可能連消化的機會也沒，人類可以殘忍得把另一個人判處死刑，卻也能慈悲地為其準備食物，憐憫與冷酷，糾纏在一張餐桌上。

紀錄片《最後的晚餐》（《The Last Supper: The Life of the Deathrow Chef》），就是關於死囚最後的食物。樂手 Brian Price 因為性侵犯前妻，被送進德州監獄，卻意外學得一手廚藝，由一九九一年開始，連續十一年為獄中死囚煮最後的晚餐。

這頓「晚餐」來得相當早，下午三點四十五分，Price 就要煮好，每碟食物封上保鮮紙，放在托盤，再嚴嚴地用白紙包上，以免其他囚犯看到那是什麼食物。四點死囚開始吃，兩個小時後，便會被行刑。

食物理論上是由死囚選擇的，價錢限於四十美元，但不能保證一定能供應，例如沒有草莓的季節，便會用其他水果代替。在「上路」前，人們會吃什麼？最多竟是平常的漢堡包和薯條，不同國籍的會要求家鄉食物，甚至媽媽的拿手菜，Price 便曾經花好長時間煮一碗 butter beans。然而食物送到眼前，卻有不少死囚什麼都吃不下。部份仍然堅持自己是冤枉的，最後一次絕食，最後一次申冤。

臨終前要吃得飽，不單是美國監獄的想法，導演 Mats Bigert 和 Lars Bergström 還特地到菲律賓、泰國、日本拍攝。在泰國，死囚會請獄卒把自己喜歡吃的食物，送一份到寺院，讓和尚知道如何為其祈福。有一位要求吃榴槤，獄卒特地托人買了，可是吃幾顆便吃不下，剩下的都送給和尚。那和尚吃著桌上的食物，想像那是怎樣的一位死囚，默默地禱告。

整部紀錄片的場面，食物罕有地不吸引，並且詭異地溫馨，由美國到東南亞，監獄都那麼細心憐憫地照顧這最後一餐，是希望良心好過一點？就像中國的獄卒，端上一隻雞，念念有詞：「食了做飽鬼，不要來找我。」

可是把人送上刑場的，也是人啊。

Price唯一拒絕烹飪的死囚，殺了四個女孩，正好都是Price女兒的同學，他每次用心煮完、封上白紙，都會禱告：安息吧，可是這次怎也不願意，最後找了監獄另外的廚師代替。縱使如此，Price仍然覺得人可以這樣處決另一個人，很奇怪：「怎能像殺動物一樣動手呢？」

紀錄片除了訪問、大幅歷史圖片、還有一些片段重新烹調死囚的晚餐，其中一位只有兒童心智的死囚，點了一碟果仁批和雪糕，批吃了，雪糕沒吃，獄卒問為什麼？死囚答：「我要留著明天吃」。

劉黎兒 輻射食物

劉黎兒說話，很快很快，就像子彈一樣。

見面的一個多小時裡，她幾乎沒有任何停頓，連珠炮發列出大量反核的理由，桌子上放了四本書：描述日本如何受核災影響的《日本進行式》、整理前核電廠技師平井憲夫稿件的《核電員工最後遺言——福島事故15年前的災難預告》、極力質疑台灣核電廠的《台灣必須廢核的10個理由》、問答簡短精要的《我們經不起一次核災：政府不回答，也不希望你知道的52件事》——全部都是在福島核災後短短一年內出版。

「我是拚命似的把這四本書趕出來，每本書都在台灣上了幾十次通知，不斷做宣傳！」她笑容很溫婉，可是態度非常堅持：「核電太多太多的陰謀在背後，一定要戳出來！」

不少台灣讀者都大吃一驚：劉黎兒被譽為「情色女王」，每星期在台灣報章雜誌的專欄大都關於日本情色和流行文化，寫起性慾題材絲毫不臉紅，現在卻用更大的膽量全力反核。

改變關鍵，自然是親身走難：地震後電視台不斷報導福島核災，雖然離東京二百五十公里，撐到第四天她和丈夫兩個兒子還是決定放棄東京的家，一起逃到離福島核電廠五百公里外的大阪，必要時再坐飛機離開日本。雖然大約十天後，因為身為棋士的丈夫要參加一場重要比賽，又再回到東京，但整個經歷已令她深深體會核電的可怕，尤其是政府和電力公司不斷撒謊隱瞞。

核災後，每一天她都為吃什麼煩惱，大量輻射牛肉、牛奶流入市面，只敢買外國的豆漿和乳酪，以前最愛當造的新茶新米，現在卻會為廚櫃裡還有過期的綠茶開心不已。

她在書裡詳細地列明：如果要吃日本進口的食物，要看產地：青森蘋果雖然同樣在日本東北，但離開福島核電廠有三百公里，加上地形風向，應該沒遭受到污染；但其他各種蔬果、魚貝產品，盡量買關西、九州、四國產的；菇類最易吸收輻射物質，最好確認是九州、新潟、或者北海道；魚乾海帶這些，就要買德島等瀨戶內海產的。

「如果要到日本旅遊，有小朋友的話，比較建議去關西的京都，或者四國、九州、沖繩。」她說：「若在東日本，連深呼吸都很猶豫！」

本來還想問劉黎兒會否離開日本，但，台灣老家一樣有老舊的核電廠，娘家和所有親朋好友都生活在核電廠三十公里內，一旦出事，更是難以逃走。

三十年多前，劉黎兒是台灣報章的駐日記者，此刻她拿出當年追查的拚勁，全力採訪報導，並且爭取台灣全面廢核。

「我本來以為全世界只有台灣會把核電廠建在這樣近民居的地方，可是原來香港東面二十公里便有大亞灣核電廠，風險跟台北一樣啊！」她連珠炮發，直中聽者要害。

松村直登
一個人在核災區

日本福島核災後，核電廠二十公里範圍全部列入禁區，所有居民都要疏散，然而五十二歲的松村直登堅持留下來，將近一年了。

他每天吃罐頭、白飯、喝井水，以及起碼抽二十根香煙。

松村直登住在離核電廠十二公里的富岡町，家裡五代都是農夫，出事後，全市一萬六千名居民趕緊離開，松村卻放不下當地的動物。

農場裡的牛失去主人照顧，活生生地餓死了，松村看了無數瘦骨嶙峋的牛隻屍體，印象最深還是一對垂死的母牛和小牛：小牛好想喝奶，可是母牛把小牛踢開，牠瘦得皮包骨，沒有奶，小牛一直想走過來，母牛一直踢開牠，小牛最後走到一角哭，輕輕吸吮禾稈草，彷彿媽媽的乳房。

第二天松村再去，兩母子都死了。

有的小牛能吃草，卻因為長大了，被頸上的繩索勒傷。松村還找到一籠金絲雀，遲了一步，籠裡二十隻鳥兒都餓死了。一年來，松村獨自活在沒有電的鎮裡，太陽一出來，他就起來趕緊去照顧還活著的大約四百頭牛、六十隻豬、三十隻雞、十隻狗、超過一百隻貓。他拍下二十多段短片放上網，只見整個地區寂靜如鬼域：房子後園全是雜物一片凌亂，卻是貓咪樂園，松村倒出貓糧，十多隻貓咪湧上來！房子街角走出來的，是幾頭牛閒閒遊蕩；市中心的大馬路，突然跑出兩隻鴕鳥。「近看大得可怕呢。」他在短片加上附註。

太陽落山前，就得趕回家裡，沒有電，全個城鎮陷入漆黑，頂多聽一會收音機，七點便去睡。

松村在網上公開募捐，世界各地都有人捐錢給他，日本一些愛護動物組織亦買來大量飼料放在禁區警戒線外。松村身邊有一條狗陪著，每月去「邊界」一、兩次買汽油和食物，他家還有發電機，可以替手機充電。

松村十年前離了婚，一子一女都是二十出頭住在東京附近。松村不時會去首都抗議：「你們有責任照顧災區的動物！」然而政府、核電廠、當地傳媒都好冷淡，反而外國傳媒不斷冒險採訪報導。

松村堅持留下，是要令外界關注輻射的巨大影響。日本海嘯後災民超過三十萬，家園被海嘯毀掉的，還可嘗試回去重建，然而受輻射污染的，卻幾乎要永遠撤離。大難不死的，起初還努力振作，只是在臨時屋的日子久了，沒有工作，沒有將來，自殺率激增近四成。

香港攝影師阿偉往日本採訪家園受輻射污染的災民，感觸很深：「一些老人不想出門、甚至拒絕進食，有些卻又特地站在門外，企圖靠輻射『慢性自殺』。」他在當地採訪了一個星期，和災民一樣，都是在便利店買飯糰、關東煮、麵包，在途上也會去路邊餐廳吃拉麵。「拉麵就真的只有麵，沒什麼配菜；天婦羅炸的就是洋蔥，所謂海鮮，僅僅兩粒蜆。」他坦言有擔心輻射污染，但根本沒辦法：「米也污染、水也污染，實在沒有選擇。」他並且吃下漁民送上的燒生蠔，想到對方近一年來無時無刻都面對輻射威脅，一起吃喝就如共患難。

據原子能安全保安院估計，福島第一核電廠釋出的放射性銫是廣島原爆的一百六十八倍；碘 131 的釋放量相當於廣島原爆的二點五倍，有專家認為部份高污染地區，最少在八百年內都不能居住、不可耕作。

松村已被證實體內受到輻射影響，更決定要留下來：「與其死在臨時屋，我寧可死在家裡。」

葉漢華
街貓口中的雞頸

童話裡的貓咪，喝牛奶，吃鮮魚，跳上主人大腿嬌嗲地喵～

街頭的貓，沒有主人，也就不識嬌嗲，要嘛很兇很兇，面對大狗都敢揮拳哮叫，要嘛極度機警，風一吹過亦急急躲起來，簷篷裡只剩一對閃閃眼睛。所有介乎兩者的，都好難活下去。

葉漢華不是第一個新聞攝影記者拍攝街貓。謝至德拍過一陣子老店的貓，懶洋洋地攤在藥房玻璃櫃睇眼睛；符俊偉的貓，俏皮幽默，他甚至拍過像貓的雲，一幅是一朵貓雲，一幅是一堆雲中間，露出如貓的藍天。葉漢華鏡頭下的，卻是城市中的戰士，一臉兇狠。

「我最初只是覺得意：貓打呵欠的樣子好有趣。」那是二零零二年，葉漢華回家途中總會經過荃灣一座廟宇，那裡有二十多隻貓，玩貓，拍貓，正好輕鬆一下，然而一個寒冷雨夜，幾隻狗從山上下來，把四、五隻貓咬死了。他開始走進貓的世界：「街貓的生活充滿挑戰：野狗咬、漁護署捉、窩居被掃蕩，貓一直要適應環境。」

新聞攝影工作零碎割裂，任由上司指派，可是從一個記者會，趕到另一個記者會之間，時間就是自己的，葉漢華每天都把握機會與貓相遇，明明可以坐地鐵，他選擇走路，並且盡挑舊區後巷。

一看見貓，馬上悄悄停下，細細觀察，如果貓不介意，慢慢走近。「不拍照也沒所謂，有時我也會無所事事地和貓一同發呆，默默感受彼此的互動。」他是安靜的人，說話很輕。有一張相片裡的貓剛剛好在兩個屋頂間飛跳，原來他看見貓跳過去，心想可能會跳回來，就在站在兩個屋頂之間抬頭按著相機等，十分鐘後，貓果然跳回去，耐性少一點反應慢一點，都拍不到！

「有時愈想拍，愈是會錯失機會，那就平常心吧，因為這就是貓。」他溫和地說。十年來天天拍，晚晚放上 Facebook 群組「捕貓捉影」，幾乎踏遍港九新界，葉漢華明白街貓：一塊爛布、一堆紙皮，都可以是貓窩，比較好的地頭是高少少、隱蔽少少，例如簷篷頂、鋅鐵之間，可是這樣的舊區漸漸消失，有些貓選錯地方睡在去水道，大雨一來，就被沖走。

肚子餓，後巷的垃圾堆有剩飯菜渣。有兩張相片令人印象深刻，一張是貓媽媽不知從哪裡偷到一大塊牛扒，爬上水管，上面成堆小貓伸長脖子等著；另一張，那貓好兇地不知咬住什麼。

「是雞頸。」葉漢華聽附近的阿姐說，那貓是剛剛被人丟棄的，燒臘店賣剩有點肉的部位，都給其他街貓搶走了，這隻貓，只搶到最多骨頭的雞頸。葉漢華走得太近，貓於是死命咬實。不是所有的街貓都知道，最最最危險的，是整罐打開的貓罐頭——漁護署會在捕貓籠裡放罐頭，貓一走進去，閘門馬上落下，漁護署收走後四日沒人認領，便會處死。二零一零年，全港超過一萬五千頭貓和狗被漁護署捕獲，一萬三千多頭，都死了。

有些義工會把街貓帶回家，然而數量一多，環境便差，貓長期被困在籠裡，雖然安全，卻不見得好過在街頭。亦有好心街坊餵貓，然而如果事後沒清潔，隨時會被其他街坊投訴，招惹漁護署介入，再者街貓數量一直增加，亦不是辦法。

葉漢華支持「捕捉絕育回放」(TNR — Trap, Neuter, Return)：「台灣以前也像香港，但有好些攝影師關注街貓，作品出版很受歡迎，人們開始關注並且展開 TNR，幾年下來，街貓的數目真的開始減少。」當地旅遊局甚至把街貓變成景點，例如「淡水貓散步」，在淡水地圖上加上不同的街貓。

香港何時也可這樣包容？葉漢華每天繼續拍攝。

吳方笑薇
嚇人猴子腦

前香港「地球之友」總幹事吳方笑薇近年都在內地「綠色長征」。八十年代她全身義務投入香港的環保工作，當時已經不少人覺得奇怪：父親是協成行集團董事總經理方潤華，爺爺方樹泉是大慈善家，丈夫又是成功的專業人士，卻擱下安逸生活走上街頭推動環保。

一個人進到內地，更是艱苦。

吳方笑薇完全不想讓內地知道自己的顯赫家勢，就算有記者曉得，也約法三章不許寫出來，一來以免沽名釣譽，二來不希望人們期待捐款。九十年代初她獨自帶著八十幾公斤環保書本去湖南，又去陝北鼓勵農民使用沼氣池。「我就對著一堆糞聽了兩小時，那農民仔細解釋雞糞、牛糞、豬糞等等的不同用途，鄉下話好難懂，可是還要非常有耐性，以免他以為我不真誠。那真是我一生人最『精彩』的環保課！」

上青西藏高原的可可西里了解如何拯救藏羚羊，住在兵站裡，那廁所裡的糞便，簡直是一座高山！冰天雪地穿著厚厚軍衣，靠燒牛糞取暖，她凍得要命，高山反應頭疼欲裂，還是冒著危險跟持槍的巡山隊去反偷獵。

「我覺得自己好幸運，更想突破自己，人生走一條別人不走的路。」她坦言：「內地多少人付出更多，並且失去尊嚴，相比之下，我的經歷算什麼？」

在香港時，她可以好勇敢。一九九七年當時美國總統夫人希拉里在香港演講，吳方笑薇當眾上台打斷演講：「尊敬的美國第一夫人，你能不能轉告美國政府，不要再把洋垃圾和各種有害物料拉到發展中國家，危害那裡的人民！」

可是在內地，她小心翼翼。第一階段是不斷付出和播種，免費派發幼兒環保教材，舉辦幼兒講師培訓，請學者專家上去講座；第二階段開始有能力建設，協助成立公益組織、培訓大學生領袖等。由於九四年她曾經邀請當時的國家環境保護局解振華來港參加國際環保博覽會，並促成解振華和美國領事館討論兩國進行環保合作的可能，國內環保機關對她亦大開綠燈。

「我一進到內地，馬上換位思考，要體諒，要正面，盡量了解而不是指指點點。」她入鄉隨俗並且善於喊口號，例如總結信念：關注平常中不平常的事態，承擔平淡之中不平淡的工作，堅持平凡之中不平凡的使命。

二十年將近過去，這幾年才開始第三階段：實踐行動，包括保護東江源。

百般放下身段，但有一樣堅拒的，就是吃野味。「穿山甲、甚至一些受保護動物，都會端上桌請我吃，我總是說：『老人家不可以吃這些東西，受不了的。』」

有次廣西記者特地請吳方笑薇去一個掛著「受傷動物救護中心」牌子的農場。那門口好多把鎖，裡頭有幾頭梅花鹿、幾條蛇，吳方笑薇正想這「救護中心」似乎不錯，記者突然拉她衝入辦公室，打開三個棺材大的冰箱：猴子腦、鹿胎盤、各種各樣動物都冰起來！

鏡頭馬上對住她：「這就是廣東人、香港人吃的野味，你作為香港人如何回應？」「香港人不應該吃這些，傷害動物，等於不尊重將來。」她連忙把焦點移到香港人身上。當晚新聞播出，記者還收到恐嚇電話：「小心你的兒子。」

吳方笑薇到現在還記得那被挖空腦袋的猴子，面目猙獰瞪著。「我真的發惡夢，Oh my God！」

鄭淑貞
煮飯婆

全城都在嚷結婚，然而走進婚姻最磨人的問題之一：誰煮飯？兩個人一起的繁瑣家務，遠多過兩個單身，加上兒女更是沒完沒了。香港大約有三十萬個家庭由外傭照顧，鄭淑貞（Dora）一直是其中一個，過去一年，卻變身全港七十萬位家庭主婦之一。

Dora 在社工界站得很前，不但在灣仔開創「時分券」，讓街坊以同等時間的勞力交換服務或購物，並且組織綠色社企「土作坊」，聘請街坊生產有機月餅等等。大部份服務對象，都是家庭主婦，然而 Dora 本身，卻從沒做過「煮飯婆」。她結婚後很快有小孩，也就很快請外籍傭工，三個小孩最大的十二歲了，都是外傭在照顧。直到去年初工作壓力太重，她決定辭職，機構挽留下雙方同意停薪留職一年。

「一定無啖好食啦！」女兒馬上嘀咕，孩子吃慣外傭煎炸濃味的食物，頗為抗拒母親一向推廣的有機菜和健康烹調，加上父親也是理直氣壯的「食肉獸」。

「姐姐識炸薯條！你識唔識？」孩子像是下戰書。

薯仔可以焗，可以炆，變成圓形薯仔波都得！Dora興致勃勃，全情投入「煮飯婆」的身份。她最初想像非常美好：在家裡附近租一塊田，每天早上帶小兒子去種田，把最新鮮的食物帶回家——現實卻是小兒子做完功課、吃完飯，已經要匆匆搭校巴去幼稚園。每天早上六點半起床，張羅早餐、讓兩個唸小學的女兒帶飯、照顧小兒子，一堆家務，轉眼孩子回家又要煮下午茶，接著便得做晚飯。

「我馬上看到煮飯的手和返工的手，有什麼不同！」Dora沒想到待在家裡幾乎無時無刻都要濕水，皮膚明顯地變粗了。丈夫呢？婚前已經揚言：「我最憎洗碗！」

Dora做了這麼多年婦女工作，此刻才體會主婦生活可以如斯零碎刻板，天天買菜，時間就沒了，可是隔天去，四、五斤菜加上煲湯食材和水果，車仔也難拉，還要上車下車爬樓梯，若不快手快腳，家務根本做不完，但結果很易勞損扭傷。「在家煮飯，時間一晃眼便過，很難有大志，我連新聞都少看了。」她真實地體會主婦的處境：公事尚可自己安排，家事卻總要配合家人需要。

大半年後，Dora才慢慢調整出既不勞損，也有滿足感的煮飯方式：減少烹調的次數，讓孩子一星期有兩天在學校吃飯盒；下午茶買現成的饅頭或腸粉蒸熱，或者準備糯米團和糖水，讓孩子自己搓湯圓；晚餐煮三菜，一個是滿足丈夫要求的肉類，其餘兩個都是她可以盡情發揮的有機素菜。

大人小孩的口味，終於漸漸變清淡。「孩子可以吃家人煮的食物，其實是最好的。」Dora說給親人買菜、做菜，當中所花的心思和愛心，都是餐廳和外傭難以付出的。

只是一年過去，她又回到職場，並且擔起更吃重的工作，計劃在灣仔以外推動社區「時分券」，開設「土作坊」分店。

但她更懂得分配時間，以前工作很晚經常要坐尾班車才回家，現在習慣了早起，一早送孩子上學便回公司靜靜地工作；吃喝都跟孩子一樣有規律，身體也好了；重要是心態上調節，以前比較搏命把理想實現，現在較能欣賞工作伙伴。

對新來的外傭，也可以具體熟練地安排工作。「媽媽煮的，比姐姐好吃啊。」孩子現在會撒嬌。

蔡建誠 湊仔公

蔡建誠（Franklen）四年來，都在家裡帶孩子。

他不懂煮菜，最初兩年請家務助理做飯，期間才開始學：先是特地回家問媽媽，何謂炒、煎、炆、煮、燉，然後勤練炒青菜：「我覺得最難炒菜，懂得炒，其餘煎炆等都應該好辦。」

他買烹飪書、看烹飪影片，甚至寫電郵給美國一位專教外國人煮中國菜的美籍華人，問：「為何用生鐵鍋，總是很容易炒焦？」對方洋洋灑灑寫了幾頁紙回覆！「香港哪有烹飪書這樣認真地教，大家都當作是基本知識。」Franklen 說炒菜的秘訣是要用五官：用鼻子聞，薑和蒜頭要爆到有香氣；用耳朵聽，青菜放下去要有聲音，那鍋才夠熱，要用勺子按一按知道軟硬，還有何時放酒、何時放鹽……「需要好多協調，最初樣樣都要死記，練習了好久才可以隨手炒出來。」

能夠炒青菜，接著學其他菜式，還特地一次過煮菜給八個人吃，然後才代替家務助理，負責所有烹調和家務。

四年前Franklen太太生下兒子，Franklen剛好有三個選擇：轉新工、完成博士論文、當爸爸，比較過後，太太的工作似乎相對穩定，Franklen便決定留在家中帶孩子，並且完成博士學位；一年多前太太又產下女兒，他天天帶嬰兒去太太工作的地方，讓太太哺乳，連讀書時間也沒有了。

Franklen當起「湊仔公」，可是全情投入，用足做學問的勁頭。炒菜只是最簡單的例子，說起嬰兒吃什麼，馬上連篇理論，詳情可閱讀他刊登於兩本育嬰雜誌以及放上網的文章《從母乳餵哺到由嬰兒主導戒奶》。幼兒教育，更是大量文章。

年初家長老師面談日，這位一手把兒子帶大的爸爸非常自豪：「你們教的太淺了，我和孩子讀了超過二百本繪本，由地心讀到星雲，由海嘯讀到火山爆發；玩Snakes and Ladders，已經擲骰由一數到一百；現在孩子每星期一起做夏威夷薄餅和藍莓Pancake，每天幫手做家務，根據玩具的大小、形狀和用途，收拾在不同顏色的櫃桶裡……」

老師亦打醒十二分精神，本來上課時說：「媽媽在家煮飯。」看見Franklen馬上加一句：「爸爸也會煮飯。」

Franklen很享受當全職爸爸：「很多工作都很重要，但我心目中，最重要的兩種工作是種田和照顧小孩，關係到人類的生存和下一代，偏偏兩種職業都是地位低微。」他強調家務不是很簡單地需要愛心，而是要巨大的知識和技能、需要體力的勞動、高度的時間管理。

Franklen說去街市買菜，女小販總比男小販熱情，男小販會說：「你真幸福，有這樣的太太！」「你太太真幸福！」女小販會說，然後鉅細無遺地教買什麼菜，不過最後還是會加多句：「幾時出來做工？最好打工啦。」這令他更堅持以身作則示範男性參與育兒工作，甚至視為社會運動。

訪問那天，Franklen很快便煮出三菜一湯，他笑言現在是霸住「爐頭」，太太也投訴沒機會煮飯了。

李恩霖
桃姐的少爺仔

吃一頓餐，對 Roger 是頭等大事。

他一般都不會和同事一起吃飯，除了口味不一樣，最痛恨是同事邊吃邊講是非：「吃飯是我重要的樂趣，不可以被打擾，如果身邊人說一些不快的事情，很影響我的食慾。」

以前在九龍塘的電影公司當總經理，同事請阿姐包伙食，Roger 卻堅持每天去何文田的京華國際酒店吃午飯，一次在等巴士時遇到明星林青霞，還被取笑：「總經理都坐巴士！」「天天午餐都坐計程車？我寧願把錢省下來吃飯。」Roger 笑了。

Roger 就是電影《桃姐》裡，真實的「少爺仔」李恩霖。以為他的嘴刁，是因為家傭桃姐煮得一手好菜，他搖搖頭，拿出一大本記事簿：那是一九六六年敍香園的菜單：戴紹光先生定了十位果子貍，旁邊列著用什麼材料什麼方法烹調；九月二十九日，禾花雀上市；連杏仁豆腐、油炸鬼，都細細寫上煮法。

「還有一本全部都是菜譜，現在我媽媽家裡。」Roger 說。

Roger 的媽媽是敍香園的太子女。外祖父一早在廣州開酒樓，名字叫「公團」，來到香港後最初開的酒樓，也叫公團，後來才改名敍香園。外祖父兼營上環街市的蔬菜水果批發「廣生欄」，敍香園用的食材，都是最新鮮的，加上烹飪講究，五、六十年代所有達官貴人，都是敍香園的常客。全盛時期，敍香園有三家，直至九十年代 Roger 的舅父移民，才光榮結束。

舅父喜歡叫 Roger 一起試菜。「一道菜如何燒如何弄，舅父會不斷和大廚研究，連一些細節，舅父也會吃得出：『這道菜，你落了鹽才放糖，錯啦！』」Roger 吃了好菜、聽了故事，回家便一五一十告訴桃姐。

原來桃姐能燒得一手好菜，都因為這著名酒樓：Roger 媽媽嫁進李家，把家傳菜譜都帶過去，桃姐不識字，但 Roger 媽媽把烹調方法讀一次，桃姐便記下來，Roger 爸爸要求非常高，鹹了淡了馬上告訴桃姐。Roger 呢，在敍香園試了菜，又回來要求桃姐照辦煮碗。「桃姐要服侍我這兩父子，可真艱難！我爸比我更嘴刁，不好吃的，完全不會碰。」Roger 說：「可是我們不會無理取鬧，每一樣餸菜好壞，都說得出原因。」

桃姐在北河街街市，是出了名的「挑剔惡死」，她買菜不講價，但一定要品質最好的，如果買回去發現不夠新鮮，第二天必定回來大罵。有一次，賣魚佬老羞成怒，把賣魚水兜頭潑向桃姐！

但這裡，也有一段故事，年青時桃姐樣貌娟好，賣魚佬對她有點意思，每次約去街，她總會推說：「先賣條靚魚給我才說吧！」賣魚佬為討芳心，每次都預留最新鮮正貨，可是桃姐總不答應，終於有次桃姐大派檸檬說：「我當然唔會去！」也許因愛成恨，鬧出一場「北河街潑水事件」。

Roger 還發現桃姐年青時時常典當物品，一身都是當票，他猜其中一個原因：桃姐為了煮好菜，竟然不惜工本，甚至倒貼人工自掏腰包。

桃姐不在了，Roger 大歎：「折墮！」

他記得小時候，桃姐每天上菜市場前，都會問：「今餐想吃什麼？」家人會嫌煩，叫她自行決定便可以，如果 Roger 說出想吃甚麼，桃姐便會很高興買回來烹調。Roger 喜歡吃醬油雞、石斑魚、蝦多士、八寶鴨，桃姐也就經常煮，明明已經很好吃，Roger 還會笑：「酒樓窩蛋牛肉碟頭飯，都好過你煮的！」桃姐就會答：「隔籬阿婆飯香！」

「現在當我獨自在燒味店食那些難吃的碟頭飯時，便會想：這真是報應，桃姐在天上看到一定偷笑。」Roger 不禁說。

家裡有桃姐，外面有舅父開的著名酒家敍香園，以前是不好吃的東西，根本沒機會進口，現在 Roger 卻已經把自己訓練到，在內地片場最難吃的飯盒裡，也可以找到能放進口的食物。

他仍然有要求：在連鎖快餐店喝咖啡，會要求牛奶另上，因為快餐店的咖啡，一般都放多了牛奶；茶餐廳的檸檬茶，檸檬另上，因為檸檬要新鮮榨汁；粥粉麵店點油菜，要求「半生熟」，以免廚師只是把預早淥熟的油菜翻熱。

一些吃過不錯的餐館，無論平貴，都會嘗試和廚房「溝通」。Roger 會直接找大廚：「先讚有什麼煮得好，再說什麼煮差了，什麼用料不新鮮。一定要直接找廚師，如果由經理去說，除了可能意思誤會，經理如果和廚房不夾，就會藉故批評，件事就變得好差。」

「細路你玩嘢嗎?!」葵芳小檔口這樣罵。「我們香港人不同你們內地人的！」大埔的食店這樣回應。身邊朋友都不敢跟他一起吃飯，害怕廚房會「報復」，可是 Roger

堅持只要態度好，廚房亦希望進步，他有好幾間餐廳就是這樣，變得可以長期光顧。

《桃姐》電影播出後，Roger 突然發現食店都額外地用好食材，他反而對大廚說：「這樣會蝕本的，別給經理知道啊。」他會小心自己不要過份，過年過節，一定額外給利是，並且不時送戲票。

有些人喜歡吃，會特地光顧米芝蓮名店、拜訪國外名廚等等，Roger 從來不會，他對每一頓飯都有要求，食材要新鮮、烹飪要認真，因為是吃進身體的：「我的心臟是廿四小時運作的，怎能虧待？」

拉遠小小，Roger 怎樣買褲？同一個牌子同一個款式同一個尺寸，要五條，因為每條都可能有半吋的差別，他站高、坐下、蹺腳……幾乎所有平常會做的動作都試過了，再在五條褲中選三條，然後再試第二遍，接著選出兩條，試第三遍，仔細感覺最後才選出一條來。買一條褲子，通常要試身半小時，有次售貨員還以為他在更衣室暈倒了，可是這條褲子，他起碼穿十年以上。「我不是穿幾次便丟掉，當然要花時間試。」Roger 說來非常理所當然，衣服是穿上身的，食物是吃進口的啊。

然而這些 Roger 眼中的「基本」，在即食即用即棄的年代，都變得不合時宜了。

正如敍香園的員工，幾乎都會工作一輩子，太太生孩子公司支付醫院帳單、孩子讀書由公司給學費、退休了回來閒坐，照樣出薪水，殮葬費自然也是公司負責，廚房師傅不轉行、不轉工，專心一意把菜煮好。

桃姐也在 Roger 家打工超過六十年，這份長情，如今只能在電影出現。

我的媽媽

楊天經
我只有媽媽

楊天經沒法忘記十二歲那年的元旦：「那是我人生第一個重要的轉捩點。」

那年他在學校考到好成績，很想看下雪，媽媽陳寶珠獎他去溫哥華過白色聖誕。他知道十二月三十一日一定會回香港，因為媽媽在一月生日，通常都會開派對。可是這一次到達香港啟德機場，媽媽拉他走後門，為什麼不能走正門？他有點奇怪，回到家裡，媽媽也不像要準備派對的樣子，他愈來愈納悶。

然後，看見媽媽哭。

「爸爸死了。」媽媽終於說。

他呆住，心裡不斷說這不是真的！不是真的！

「嘩」一聲，大哭！

天經七歲時，媽媽和爸爸離婚，可是在他心目中，父母還是愛著對方，有機會復合的。「爸爸很疼我，每次罵了我，總會買零食哄我，豬肉乾、牛肉乾，我有得吃就不生氣。離婚後，他每星期都會帶我吃東西、買玩具，最叻就是帶我去海洋公園。」他坦言，雖然慢慢由每星期，變成每個月，然後漸漸是談電話，但和爸爸依然親近。

怎也想不到，突然便沒有爸爸！

「爸爸心臟病發，卻以為是胃痛，進到醫院才幾天便不行了。」天經回憶：「婆婆還有煲湯去醫院，叔公說：『他走了。』『走咗去邊？』婆婆還問。」

「人們總以為我可以做陳寶珠的兒子，很好命，卻沒有看到，我是沒有爸爸的。」他到今天，依然遺憾。

十六歲，他跟媽媽一起去加拿大生活，踏入反叛期，不斷跟媽媽吵架。「其實都是一些小事：我跟朋友出街，媽媽說：『不要那麼晚回家。』『為什麼不能晚一點？』我故意更遲回家。」他說當時好幼稚，不交功課、上學走堂，學校寄信來說再犯就要趕出校，這些都把媽媽氣壞了。

有一晚他又和媽媽大吵，打電話跟朋友訴苦：「我去你家住，你來接我吧！」「『咁大鑊』？」他跟朋友談了一晚，才平靜下來：「好吧，那就看看明天如何。」誰知第二天，媽媽竟然已經去朋友家住。

「為什麼她會比我更早離家出走！」天經很愕然，百無聊賴了幾天，星期天剛好是母親節，禮物鮮花都一早訂好送到家裡。電話響起，是契媽的聲音：「阿仔啊，這幾天怎麼樣？有準備禮物給媽媽嗎？不如我開車送你過去？」

天經於是打電話給媽媽，冷冷地說：「我現在有一些母親節禮物，送來給你。」

「好。」媽媽說完就收線。

「『拜拜』都不說，好沒禮貌！」天經說這平時不會發生的，兩個人都刻意冷淡。到了媽媽朋友的大廈，電梯一開，想不到媽媽已經哭著站在門口！他手上鮮花禮物都丟在地上，走上去抱著她大哭。

這世界上，她只有他了，他也只有她。

母子才變得親近，開始談心事。他偶然會開玩笑：「靚女！」媽媽應他，他便答：「靚女無你份喎！」媽媽也會照辦煮碗，跟他鬧著玩。以前在香港，都是工人做飯，在加拿大，媽媽看著食譜下廚，煮兒子喜歡吃的上海菜飯、咖喱牛腩。

可是因為媽媽，他也受盡閒言閒語，「最強裙腳仔」像烙印，幾乎印在所有網上討論區。

媽媽陳寶珠在六十年代紅遍東南亞，一句「陳寶珠嚟嘞！」人人讓路。一九七零年息影後，風采依然，近年每次踏上舞台，仍有不少影迷追捧。天經一九九九年開始做模特兒，至今十三年，星運卻遠遠不如媽媽。

「誰不想紅？但我無想過要紅過我媽媽，她是我的目標，但實在太難做到。」他淡然地道。

如果不入行，便不用比較？

「這是我真心喜歡的工作啊。」他認真地，瞪大眼睛。

小時候，媽媽已經碎碎唸：「不要進娛樂圈！」可是天經就是電視迷，家裡也沒有別的小孩，獨自拿著刀刀劍劍扮大俠；在加拿大經常唱卡拉OK扮歌星，唸完中學很想入行，媽媽不給，這才升上大學唸經濟。畢業第一份工作是顧客服務，第二份做公關，腦裡依然發著「明星夢」。

媽媽終於開口：「如果真的想入行，就不要太遲。」

當模特兒、舞台劇演員……第一年，工作很多，可是第二年，開始減少，第三年，更少。媽媽又開口：「三年時間就夠了。」

「但我不甘心。」他苦苦檢討：不懂珍惜機會？不夠認真？低潮裡他不肯離開。零七年加入電視台，演的都是二三線角色。《溏心風暴之家好月圓》和陳法拉演繹一對，網上惡評如潮，並且連陳寶珠也拖下水，天經坦言最不想就是影響家人：「負面新聞好過沒新聞，被人踩，也好過沒人見到，可是你怎樣說我也可以，不能扯到我的家人！」他堅持，媽媽並沒有幫過他，也就不應該被牽連。

二零零八年天經主持北京奧運，開始在體育節目當主持，直至今年簽約CTI。他最自豪，是幕後人員都對他不錯：「我會問候清潔姐姐，天氣冷，吃飯未？穿多件衫喎？她們也會這樣問候我；離開電視台，化妝梳頭的都不捨得我。」他說這是媽媽最大的影響：待人要有禮，做事要勤力。

如果這是學校，也許會得到「品行獎」，但這可是殘酷的娛樂圈——「我覺得自己是有成績的，只是比別人慢。」天經說寧願一級一級地走，他相信這一行，回報可能很小，可能很大，但一定不會完全沒有回報：「已經愈來愈多人知道我叫楊天經，而不只是『陳寶珠個仔』。」

做生意？幕後工作？他通通沒有興趣，死心塌地留在水銀燈下，不管那是牛池灣文娛中心，與小劇團演話劇，還是在屯門大會堂開演唱會，座位連三百也無。

媽媽如今對著傳媒說的是：「路是難行，但既然經經喜歡，就隨他吧。很多人入行十幾年才突然有機會發圍，不怕，經經的樣子好後生，還有得做，不怕。」

三十七歲，天經結婚，媽媽說不要一起住，可是天經和太太一起說服媽媽。「她那陣子剛好有一些朋友去世了，我們覺得還是一起住比較可以照應，就算是住旁邊的大廈，可能就是等電梯那一陣間出事，那怎麼辦？」

他說時，不禁想起爸爸。

石祐珊

守護家燕媽媽

石祐珊很小很小，便知道要守護媽媽。

薛家燕當年想得非常仔細才結婚，八歲便出來拍戲，根本不懂做家務，特地學足一年烹飪，還要和奶奶、丈夫的哥哥弟弟一起住，每天吃飯都一圍酒席似的，三十四歲趕緊生下大女兒祐珊，每隔兩年又生下兒子和小女兒。

可是丈夫還是丟下她和三個孩子。

「很小就知道媽媽和爸爸有問題，孩子很敏感，一早便曉得。」祐珊說但凡爸爸不在家，她都會跟媽媽一起睡，弟弟妹妹在隔壁的房間呼呼大睡，她卻緊張地陪著媽媽，擔心媽媽不開心。

丈夫離開家裡足足三年，家燕才決定離婚，奶奶馬上以業主的身份，要她和三個孩子都離開。無人無錢，薛家燕說那刻曾經想過由二十五樓的寓所跳下來，好在聽到孩子叫媽媽，她才打消自殺念頭。

從大屋搬到小房子，孩子都知道環境艱難。媽媽決定重回娛樂圈，十一歲的祐珊懂事地說：「媽媽你去拍劇吧，我會照顧弟弟妹妹！」媽媽聽了紅著眼，接下《真情》裡「好姨」的角色。

現在想起來，祐珊也發笑：「其實能做什麼？弟弟九歲妹妹七歲，我頂多就是煮公仔麵給他們吃。」當時也有工人照顧，祐珊便立志要努力讀書，為弟弟妹妹當好榜樣。

學校作文寫「我最難忘的一夜」，祐珊寫弟弟肚子痛，她餵他吃藥，仍然沒有好轉，只好整晚抱著弟弟不敢睡，後來老師把作文給媽媽看，媽媽當場哭了。小妹妹買鞋子也懂得選大一點的，由七歲可以一直穿到十歲，破破爛爛地。

當時全家人最開心，便是一起去快餐店。「明知家裡沒錢，難道還吵去迪士尼樂園？但最便宜的連鎖店雪糕，也吃得好開心，大家吃吃吃！」弟弟妹妹都圓滾滾地，祐珊卻是最瘦的一個。

守護的角色，一直至今沒變。

二零零九年媽媽割膽手術後胃炎，一度陷入昏迷，祐珊馬上飛回香港。「弟弟妹妹都在美國唸書，我也在美國工作，有兩年時間沒有人在媽媽身邊，我很明白她太孤單了，所以拚命接工作也不願回家。」祐珊也閃過一絲猶豫，但很快便決定：「我要回來陪媽媽。」

祐珊原本刻意不靠媽媽的關係，考進 MTV 公司工作，後來又進到美國著名的經理人公司 William Morris，這公司有過百年歷史，第一位藝人是差利．卓別靈，全公司上千人，只有大約十個亞洲臉孔。祐珊在 William Morris 要由派信做起，才剛做了三年。

她坦言喜歡做照顧人的角色，不願走到幕前：「小時候也曾經有人邀約和媽媽一起拍戲，可是媽媽說一定要讀完大學，這是對的，現在我完全知道在背台詞，和為藝人策劃事業，我更有興趣後者。」她暫時是自由身，替不同的藝人接工作，因為美國公司的關係，很多機會作為中間人，把華人藝人帶到國際，有時，也幫忙媽媽接洽工作。「總是要有人當醜人吧。」她笑笑。

媽媽工作好忙，沒時間再做飯，祐珊想來想去，也想不到有什麼菜是媽媽煮過的，她只記得在很小的時候，曾經和媽媽一起做壽包。

那些年，薛家燕連壽包也自己做。

周國豐
童年惡夢

周國豐現在吃很多蔬菜，他笑說：「吃肉的quota，可能在小時已經用完了。」香港人都記得他的父母周啟邦和譚月清：金碧輝煌的豪宅、粉紅色的名車勞斯萊斯，每次出席公開場合一定悉心打扮，百變造型襯到絕。原來周家餐桌，也是「豪」得令人咋舌。

「家裡都是媽媽做飯，我和爸爸都喜歡吃肉，媽媽便拚命煮一大堆，像是要把我們養到肥肥白白。」周國豐記得小時喜歡吃牛扒，媽媽便會連續一個星期都煎牛扒：「有段時間我愛吃鵝肝，媽媽居然買了十多塊一次過煎出來：『阿仔你鍾意吃，我弄給你吃！』我吃了一大塊，媽媽說不要浪費，再吃啦，又吃多一塊，然後媽媽說著不要浪費，吃下第三塊後，終於忍不住去了廁所嘔吐。我這輩子都不再吃鵝肝了。」

媽媽廚藝其實很了得，還得過法國的烹飪大獎，然而份量完全不會節制。周國豐提起小學時請過同學來家裡玩，媽媽煮了一大盤炸豬扒和意粉，有位瘦削的同學覺得太好吃了，一直吃一直吃，竟然吃到昏過去了！

還有，媽媽不會浪費食物，煮了一大盤，也得吃清光，於是午餐晚餐可以連續三天都是同一樣食物——周國豐到現在說起，仍然是一副受不了的樣子。

另一個童年惡夢，是穿爸爸設計的衣服。

迷人粉紅色、神秘中東、熱帶風情、甚至扮奇勒基寶、貓王、唐明皇與楊貴妃等，周氏伉儷在社交場所有炫目裝扮，都是爸爸悉心設計，再找裁縫做出來。周國豐小時候，非常抗拒要這樣穿著。「十個少年九個半，都不喜歡穿家人指定的衣服，一定翻枱。」他坦言。

被迫穿上了，有時便發脾氣不作聲，他不禁說：「就算出於好意，都不可以太強迫一個小孩。」

周家顯赫，爺爺周錫年是首位行政立法兩局議員，先後擔任華人銀行、九龍巴士、牛奶公司等企業的董事長。周啟邦每星期都要見父親一次，聽父親訓話，周啟邦年過五十才生下周國豐這獨生子，也是不斷教訓兒子：要有禮貌、喝湯不可有聲、女士進來要站起來……周國豐小時會避開爸爸，就算有話想說，都會找媽媽傳話，爸爸一拿起藤條，馬上找媽媽包庇。

媽媽譚月清家境富裕，也曾在英國唸法律，雖然衣著打扮都聽爸爸的，可是實際生活卻很獨立。「爸爸是天生的藝術家，好情緒化，多愁善感，一時哈哈哈，一時又想不開心的事，媽媽反而『硬淨』一點。」周國豐這樣形容。

二零一零年二月九日周啟邦逝世，才二十四歲的周國豐在爸爸還在醫院時，「極速」地圓了爸爸的心願：當上大律師、結婚、甚至讓孫子提早出生。爸爸不在了，彷彿終於離開「父蔭」，周國豐滿腹大計，準備開店做生意。

周國豐本來想接媽媽一起住，可是媽媽寧可有自己的空間，獨自住在那「黃金屋」。她隔天便來看孫子，偶然也會煮一大盤食物，讓兒子一家幾天才吃得完。

趙式芝
一百倍粵語殘片

趙式芝和同性伴侶楊如芯宣布婚訊，父親趙世曾公然反對，揚言以五億為女兒徵婚，連海外傳媒也爭相報導。趙式芝回應BBC（英國廣播公司），落落大方，不委曲自己和伴侶，亦不損父親體面：「我們原以為是開玩笑，我也沒有生氣，但過了一陣子爸爸仍然繼續，強調徵婚是認真的，很快我便明白這是他表達父愛的方法。」應對得體，多得那近十年的公關工作，也因為自小，便得應付非一般的家庭。

趙式芝身世，星光閃爍：爺爺是船王趙從衍、父親趙世曾是香港有名的花花公子、母親姚煒演活風情萬種的「金大班」，還有契媽龔如心、契爺劉鑾雄，然而每一顆星，距離彷彿都如光年。

「到底是誰帶大你的？」這一問，她馬上大笑：「神囉。」後來才收起笑容：「我從來都沒試過和任何人，有時間去相處。」

趙式芝在一九七九年出生，差一歲便是現在的年青「八十後」，然而她整個童年，都像處於粵語片年代。媽媽姚煒在歌廳邂逅趙世曾，很快在一起，也很快分開。姚煒賭氣地抱著還是嬰孩的式芝搬去父親的公屋，未久又跟當時任職賭場的余祝強結婚，為了帶六歲的式芝去美國，還跟趙世曾打官司，在美國生了一個兒子，不足三年又離婚。

式芝十三歲便獨自在英國留學，十六歲考入大學建築系，早上派報紙、中午在教會餐廳洗碗、晚上去酒吧抬啤酒、周末還去老人院做清潔。家裡沒有給學費？她搖搖頭：「是我不想拿家人的錢。」

一個人，在異地，突然收到姨姨中風的消息。

「那個姨姨是唯一比較親近的，過年過節會去她屯門的家，會關心我在美國有否被人欺負，她才四十出頭便中風，進了公立醫院很快離開。我還記得那天在電話亭打電話：『媽咪，阿姨點呀？』『阿姨她……死了！』媽媽大哭，我也大哭。」剛好那陣子，宿舍又被爆竊，式芝心情跌入谷底，患上抑鬱症。

姚煒對女兒小時很兇，回家看見女兒看電視，打！女兒見到外人不招呼，打！大人說話女兒插嘴，打！可是女兒病了，完全沒辦法：「你再不說為什麼哭，我就摵頭埋牆！」

式芝還記得那一幕：她在沙發後面哭，媽媽大嚷：「講不講？講不講？」頭就猛地撞向沙發椅背。

「阿媽是上海婆，好惡，但同時又好戲劇化，簡直是粵語殘片乘一百倍，耳邊好像會響起粵語片的淒涼音樂。」式芝笑著說。

趙式芝後來看醫生治好抑鬱症，本想留在英國生活，千禧年卻因為想陪媽媽，回來香港，還把兼職賺到的十萬港元，送給媽媽。姚煒當時做傳銷生意，不善經營，式芝唯有入行幫忙善後，開始當公關。

那不是她喜歡的工作。

硬撐多年，並且發展了手袋代理生意，二零一一年卻又加入爸爸的建築公司。

那也不是她喜歡的工作。

「喜歡與不喜歡，在我的生命中，是不重要的。」式芝坦言。幫媽媽時，她打扮得花枝招展，幫爸爸時，卻要不斷和地盤人員開會，十隻指甲都剪得短短的。她說最初早上上班幾乎是哭著進電梯，但爸爸很有說服力：「這也是我愛爸爸的方法吧。」

工作可以聽話，但感情寸步不讓，和同性伴侶相戀七年，縱使父母都不接受：

「他們還會有少少幻想，以為我可以嫁給摩洛哥王子！」

楊如芯的吸引之一，是楊家有愛。「原來一個家庭可以這樣關愛對方、互相照顧、在乎彼此，那份愛，無需要問、無需要懷疑。不像我家，從小到大，都要想很多方法去證明父母是愛我的。」式芝後來對傳媒解釋，能夠成為楊家一份子，很榮幸。

婚訊公開，姚煒一直迴避傳媒。

姚煒近年成為非常虔誠的基督徒，不斷傳福音。式芝在英國受浸加入教會，但有同志教友決志相守，教會都會祝福，她的婚禮，也是在法國教堂舉行，沒想到香港教會這樣歧視同性戀。姚煒一時對記者說女兒有罪，一時拒絕回應，批評傳媒斷章取義，影響母女關係。

資深娛樂記者汪曼玲在專欄裡，替姚煒解釋：同性相愛就可以，沒必要公開兩人結婚，以免對年輕的一代有不良的影響。

汪曼玲寫姚煒：「當兩人告訴她結婚時，她真的很難接受，曾經撼頭埋牆。」

同志媽媽
兩人份便當

媽媽拿出一盒盒食物，都是兒子R喜歡吃的：炒菜、煎豬扒、炆雞翼……最窩心全部是兩人的份量，R心裡知道，這些食物，男朋友也有份。「外面吃飯多味精，無益的。」媽媽不時叮嚀：「也喝多一碗老火湯吧。」她曉得男朋友和家人比較疏離，不常有機會吃住家飯。

R自小就和媽媽親近：爸爸有鬱燥症，比較霸道，媽媽一直站在丈夫和兒子的中間，試圖維持「齊齊整整」的家。兒子心疼媽媽，更想為媽媽強出頭，媽媽急了，一時和兒子吵，一時又把兒子當作唯一傾訴對象，母子關係密切得簡直糾纏在一起。這麼近，R心裡卻有一道牆，媽媽一走過來便得停步——他喜歡的，是男孩子。

「我不想永遠都有這種『不能說的秘密』。」R坦言自己預科時已經開始和男孩子在一起，可是直等到二十五歲，大學畢業上班了，才準備好開口告訴媽媽，事先還細心安排一張「安全網」，找來可信賴的輔導員，媽媽就算不能接受，也可以有支援。在同志的圈子有一句話：「當一個同志出櫃，就等於將爸爸媽媽放進衣櫃。」R向媽媽表白，是希望可以走近，而非拉遠。

誰知媽媽竟然很開心：「我早猜到了，但你不說，我不敢問，最怕你一直瞞住我！」媽媽甚至還已經找了一堆資料，肯定不是因為自己的教育方法，導致兒子喜歡同性，不過她也擔心：兒子未來的路，會否很難行？

「心裡那塊大石頭，終於放下來！」R發現媽媽最著緊的，是自己，登時很感動。他以為媽媽可能會執著男人一定要和女人一起，可是媽媽的憂慮非常實際：同性戀能找到好伴侶嗎？如果是女孩子，可以和對方家人朋友公開來往，但同性交往相對低調，會否很多背景都不知道？媽媽問：「阿仔，你會被人騙錢嗎？」

明白彼此的想法，才有機會釋疑，R連忙解釋同志也有正常交往。就像兒子為媽媽準備「安全網」，媽媽也「周詳」地為兒子想好了：「不用告訴爸爸、不用告訴姨媽，其他的親戚問起，死口都不用認有拍拖，之後我會出來打圓場。」

「現在男孩子條件那麼好，哪用著急找對象？」媽媽會這樣跟八卦的親戚說。

男人，能照顧另一個男人嗎？媽媽暗地擔心，除了不時帶食物給兒子，還會上去打掃清潔，R看著看著，眉頭又皺起來。

「媽媽你總是寧願自己辛苦，可是捱到身體勞損，真不應該！」R再次和媽媽起衝突。直至最近，他終於想通：如果媽媽也可以接受自己走一條難行的路，媽媽辛辛苦苦為家人，也是她的選擇，為何自己不接受？

「像叮一聲！」R形容，看法改變了，關係也可以不一樣。

他認真地寫了一封信：「如果你能以你的愛，包容我去選擇自己愛人的取向。為何我不能反過來接納你對生活的選擇呢？我選擇相信你，有能力為自己作出正確的選擇，好好愛護自己，因為只有你愛惜自己，愛你的人才會感到真正的快樂，對吧？」

媽媽看了信，只是含糊地說：「看到啦，知啦，明啦。」然後生怕被別人看見，緊張地加一句：「那我把信撕掉啦。」

Ger媽
一個電話擺平親家

「Ger」在廣東話，指陽具，怎樣的女孩，會起這樣的名字？

數香港八十後社會運動青年，Ger（蔡芷筠）一定榜上有名，她甚至有份決定用「八十後」作為字頭。那是二零零九年她和幾個朋友一起發起「八十後六四文化祭」，同年又與更多的朋友一起組成「八十後反高鐵青年」，接著以「八十後文藝青年」名義參選藝術發展局的民選委員，成為藝展局史上最年輕的藝術教育小組主席。

大膽、叛逆、敢作敢為，這些普遍烙在「八十後」的標誌，似乎亦可以套用在Ger媽身上。

「以前不是有部電影叫《靚妹仔》？我阿媽覺得是自己的寫照，她甚至和戲中主角溫碧霞、麥德和等都是朋友，一齊跳舞、一齊『蒲』。」Ger說：「阿媽十八歲就生我，我是婆婆帶大的。」

媽媽只肯唸完小學，十八歲在髮型屋剪髮電髮，夠膽生孩子，但沒耐性當媽媽。Ger對媽媽最早的記憶，是媽媽不小心讓她撞傷頭，可是讀書期間，同學反而羨慕她的媽媽不管不罵。

家長日，媽媽會來，但亦坦白告訴老師：「我也不知道女兒怎樣的。」小學四年級Ger忘記在手冊寫日期，老師要求見家長，媽媽見過老師，走出學校門口就點煙：「你個班主任真的好寸，但我不理她。」中六班主任斷言：「你女兒很不行，沒救啦！」「關你什麼事？」媽媽一句衝過去。

Ger好感動：「阿媽不是傳統關愛照顧型的母親，但好撐我！」

她進到大學開始食煙，媽媽居然說：「你這也太遲了吧。」之後兩母女最「舒暢」的活動就是一起在騎樓抽煙，閒談。「爸爸那邊的親戚會因為媽媽抽煙有偏見，但其實這種判斷好表面，我阿媽，大方、有義氣，食煙不等於是壞人。」她說來眼睛閃閃，全是欣賞的神色。

去年Ger和曾經是她的大學老師曾德平結婚，曾媽媽不喜歡Ger又食煙又搞社運，好勉強才肯兩家人坐下來吃飯，談話間，兩位媽媽聊到原來二十年前都在同一間海鮮酒家工作過，曾媽媽談起一個失散了的舊同事，Ger媽馬上打電話找到對方，手機一遞，就讓曾媽媽和舊同事講電話。

這通電話後，整頓飯的氣氛突然一百八十度轉變。沒有反駁，沒有申辯，行動勝於一切，會記住多年的朋友，一定是交得過的朋友，能夠馬上找到，可見也是義氣之人——曾媽媽終於接受這段婚姻。

婚後，Ger 戒了煙，母女沒有一同抽煙，但不時相約去旅行，Ger 非常落力照顧母親。她說起有次看到媽媽喜歡的 Monchichi 公仔：「我買給你吖！」「你就買吧。」媽媽答得好酷，可是一收到公仔，馬上放在褲袋，還特地露出公仔頭，去到餐廳還拿出手機替公仔拍照。

「媽媽心底裡是小女孩，你說怎可以不疼她！」Ger 在旅途上變成照顧的角色，不時嘮叨：咳嗽還喝汽水？病了又不早點睡？三更半夜還要唱 K？

媽媽有時聽，有時不。

骨頭裡挑雞蛋

李香蘭媽媽

「山是什麼顏色？」媽媽問。

「綠色！」唸幼兒園的小女孩答。

媽媽輕輕搭著女孩的肩膀，指著山說：「你細心看，只是樹已經有深綠、淺綠、黃色，還有花的紅色、橙色啊。」

女孩張大眼睛，從此比別人看到更多。

畫家李香蘭就是這小女孩，媽媽為了教她畫畫，甚至自己去學畫畫。「我那時候看見女兒學校的美術老師，好像沒有很懂教小孩，那我剛好有時間，就去工聯會學素描，想學了教女兒。」媽媽有點不好意思地說。工聯會的老師只在桌子中間放一些水果，就離開課室，等大家都畫好了，他就把作品放地上，逐一評價。中間老師到底去哪了？媽媽上廁所才發現他在看報紙。

媽媽接著參加中文大學的校外課程，水彩、廣告彩，然後國畫，多年一直學畫。

「只是有一點點興趣罷了。」媽媽又帶點尷尬說。她從小就在沙田禾輋村長大，父母都賣魚，那年代，誰有能力去栽培小孩的藝術興趣？小時候她在家門前的沙地畫畫，後來打工幫補家用，去夜校唸英文時，還偷偷在課本上畫畫。一直到結婚生了兩個女兒，不再上班，才可以每星期抽一、兩晚時間去學畫畫。

後來便刻意栽培李香蘭畫畫嗎？媽媽卻從來不勉強。

「我還記得七歲那年，媽媽帶我和姐姐去粉嶺鹿頸寫生。那是我人生第一次寫生，大家都背著自己專用的顏料，坐在草地畫畫，媽媽和姐姐畫田園景色，我卻花了半天去追草地上的蜥蜴，好開心！」李香蘭很感謝媽媽一直給好大空間和自由。

李香蘭自言愛上畫畫，是小學時媽媽帶她去社區中心上繪畫親子班，那老師大讚她畫的芒果好漂亮。「你畫得好好啊，然後親了我一口！嘩，我馬上覺得自己真的畫得好好！」李香蘭到今天想起，眼睛也是閃閃發亮的，接著便開始和媽媽一起學：「我們會一起看錄影帶，例如用水彩畫水果，一顆蘋果也好多顏色：青色、紅色、黃色，還有光暗，我們翻看了好多次，一起研究。」

李香蘭進了理工設計學院，又去城市大學創意媒體系學電影，可是最後的畢業作品，還是把禾輋村的人和事畫下來。兩母女都好喜歡這山邊的小村子：性格鮮明的左鄰右里、到處都是貓狗和小鳥，甚至偶爾有松鼠和小猴子，有一年，還有一隻白頭翁來家裡的樹上築巢孵蛋，當小鳥終於出生，大家都高興得像家裡添了新成員！

直到村口四十多年的木棉樹被砍下來，才頓覺這樣美好的村子生活，在香港已經漸漸消失了。

在媽媽鼓勵下，李香蘭畢業後一整年待在家裡畫畫畫，最後出版一本厚厚的繪本《上下禾輋》，開始在報刊畫插圖，兩年後再出版第二本繪本《尋人啟事》。

「媽媽教會我的，不是畫畫，而是做人的態度。」李香蘭說：「我沒看過比她更正面的了，像那工聯會的老師，媽媽也會欣賞他給學生自由去畫畫，沒在過程中被影響。我無論遇到多大的挫折事，媽媽都會讓我看到可以學到的功課。我常說她是『骨頭裡挑雞蛋』！」

「唯一媽媽會罵的，就是我驕傲的時候。」李香蘭認真地讚，媽媽坐在旁邊，又更不好意思了。

周榕榕
人生是自己的

二零零四年七月十日高考放榜翌日，《明報》大字標題：「排擠成動力，新移民4A報母恩」，記者洋洋灑灑地報導九歲來港的新移民周榕榕，如何住在板間房、被父親拋棄、吃盡苦頭卻奮力苦讀，終於在高考取得4A狀元，報導引述周榕榕說：「希望將來發達，我要養家，我不希望媽咪再捱苦。」

同日《成報》頭條：「苦讀女狀元 新移民傳奇 打工交學費最想當記者」。「當記者」和「發達」之間隔了一個大海，顯然有矛盾。

周榕榕順利進入中大新聞系，以一級榮譽畢業，在電台工作一年後，卻開始踩單車上西藏，漫長旅程結束，沒有回家，而是搬到廈門租小房子寫了幾本遊記，交租的錢？學做肥皂，放上淘寶賣。

直到相機壞了、鞋子破了，才死死地氣回到香港一份雜誌當記者，計劃儲夠錢再繼續寫作，這次希望寫科幻小說。

說好了的發達讓媽媽不再捱苦？

周榕榕對著我，一副「心照」的樣子：「放榜故事，離不開都是這些角度！」後來想了想，又補充：「讓家人過得好，不是志向，可能是心願。」

她說當年真的很窮，打完兩小時籃球，看著汽水機良久，還是捨不得掏五塊錢出來買汽水，可是因為媽媽持家有道，生活不算很艱難。

媽媽九十年代帶著榕榕和弟弟從福建來到香港，很快便得獨自打工帶大兩個孩子，一家三口擠在板間房，然而東西都放得整整齊齊。每天一大早，媽媽就去街市買菜，然後存在公司的冰箱，下班才帶回家，那麼小的房間，媽媽還是每頓飯起碼煮三菜一湯：蒸魚、蝦仁豆腐、筍乾煨五花肉、老火燉雞湯……「媽媽很會煮，我現在上館子都覺得不外如此：啤，我媽媽都煮到啦。」榕榕好得戚。

滿口鄉音，不懂英文，初進小學的確有被排擠，可是榕榕很快便發覺，只要成績好，老師就會偏心，同學也就不敢欺負。成績好，還可以有獎學金，甚至能夠給錢媽媽，她理所當然地拚命讀書。

媽媽從來沒開口叫她用功，生怕給壓力，心思都放在餐桌上種種補腦的食物：魚頭、豬腦、有次還特地燉水魚！

選擇新聞系，媽媽沒有反對，能夠進到大學已經好好；工作才一年便辭職，媽媽也沒說什麼，女兒一向都喜歡旅行；可是旅行回來，還不上班，一年兩年過去，媽媽終於忍不住。

那一天，母女對峙。

媽媽：「我以為，你是家裡唯一改善到生活環境的。」

榕榕很愕然，雖然隱隱約約心裡明白，可沒想到媽媽會開口說出來，媽媽從來都不會提出要求，那一刻，她也豁出去了：「我的人生是我自己的！」。

媽媽無言。

榕榕唸書時，已經不斷把獎學金給媽媽，也讓家不用再住板間房，自覺責任已經完了。此刻她很想很想全力創作，一生人，起碼要有一件自己滿意的作品：「寫作很孤單，很黑暗，但向自己的本質挖到底，卻可以邁向永恆。作品可以傳世，像《紅樓夢》當然很好，然而就算僅僅能寫出內心，不發表，也沒有遺憾了。」

那次吵架後，媽媽沒再說什麼，晚上還是用心烹調三菜一湯，每天為榕榕準備的午餐便當，總是豐富得令同事妒忌。

文媽
帶大兒子帶大孫

也許有些父母帶大兒女後，並不願意湊孫子，這一定不是文媽。

文哥在園藝公司當管工，太太得做鐘點幫補家用，三個孩子，全靠福建鄉下的母親文媽不斷照應。簡直像雜耍拋球：大女兒出生後一年，太太再懷孕，大女兒先送到鄉下給文媽照顧，轉頭二女兒出生，把二女送走，換大女兒回來上幼兒班，很快小兒子出生，雖然也是送回鄉下，但一時回來打針，一時生病回來看醫生，二女兒又得報幼稚園，準備面試……一家五口唯一可以整整齊齊在一起，便是當文媽拿到雙程證來港，到期了，帶一、兩個孩子回鄉。

一到暑假，三個小孩都離開香港，好讓太太去地盤開工賺錢。

日子不輕鬆，但非常熱鬧，文哥由衷地感謝媽媽幫忙：「我媽媽很辛苦！所以如果孩子不孝順嫲嫲，我會打的！」

文媽走路，有點跛，都因為長年操勞，積勞成疾。家裡種田，文哥的爸爸雖然在二十多歲已經當上「生產隊隊長」，當年在內地完全可以「隻手遮天」，給點好處工作便輕鬆一點。「可是我老竇是正直的人，一點油水都不要。」文哥說，全村人都換上石屋，他們家還在住瓦片屋，人們都看彩色電視了，家裡才終於有黑白電視機。

文媽偶然也有怨言，但更努力改善家計，帶大文哥和姐姐妹妹三個孩子。村中有一個老人懂得用棉花做床墊，因為怕手藝失傳，特地教文媽，棉花要悶在小房間裡拍打，環境很差，做好的成品，人家給十元，師傅拿走九元。

直到老人去世後，文媽終於獨當一面，收入好一點點，幾年後她也開始收徒弟，卻是三七分帳，文媽只拿三元。「我阿媽，好善良！」文哥說，這是媽媽對自己最大的身教。

什麼是善良？「就是不要當壞人！」文哥答得簡單直接。

一直捱到九十年代，文哥有機會到深圳打工，才開始寄錢回家。家裡的房子，像竹子一節節的，存到錢，起一間房，多一點錢，再起多一間。千禧過後，他有機會申請來到香港，接著也把太太申請過來。「那時我太太還沒拿到單程證，生一個孩子要四萬元！我看著醫院數銀紙，都數到手軟！」他很氣醫院收足了錢，卻沒有提供足夠的床位，影響到香港孕婦，連累他這些單非家庭被指責。「我那時月薪才六千元，生兩個孩子用了八萬，很不容易才籌到這筆錢的！」他坦言本來沒能力生第三個孩子，但太太拿到單程證，剛好又懷孕，終於可以付本地人的醫院費用，心想便宜一大截，當然生下來，也很高興追到男孩。

三個孩子：五歲、三歲、一歲，吵個不停，兩個女孩總是在爭東西，姐姐要什麼，妹妹也跟著，文媽抱著小孫子不時大聲吆喝，小嬰兒吃得圓滾滾地，一不留神就跌倒，哇哇大哭。「小孫子的力氣好大，一股蠻力，抱都抱不住！」文媽行動不便，帶得很吃力。她每次坐車都會頭暈，由福建鄉下來深圳，要坐近十小時長途車，每次坐完都會不舒服好幾天。

「我媽媽無享受，一味付出，搏命做。」文哥的心願，是小兒子快快唸幼稚園，孩子都上學了，便不用文媽這樣操勞，到時可以存點錢，帶媽媽坐飛機旅行。

葉劉淑儀
母女如兄弟

立法會議員葉劉淑儀向來硬淨，流露人性的一刻，往往與女兒有關：其他議員守著會議室，不讓會議流會，葉劉淑儀卻堅持去美國出席女兒的畢業禮：「我就這一個女兒！」較早前立法會大樓發現退伍軍人桿菌，葉劉淑儀更緊張：「女兒再失去媽媽，便變成孤兒。」

「這是真的。」現年二十二歲的葉榮欣一臉認真地數：「我沒有其他親戚，大部份人沒有阿媽還有阿爸，或者有姑媽、舅父、兄弟姐妹……我就只有媽媽。」

她才八歲，父親便肝癌去世，本來有五個姑姑，都因為爺爺死後，跟爸爸爭產鬧上法庭，沒再來往；媽媽那邊，公公是新加坡華僑，七十年代已在當地肺癌病逝，當妾侍的婆婆一直留在香港，可是榮欣還沒到一歲，婆婆便因腸癌病逝，唯一的舅舅，十年前也在菲律賓病死了。

「我媽媽很重視健康，非常守規矩，那些好難食的穀物早餐，呢，像是樹枝的那些，我見到都想嘔！但她天天吃，並且限定自己定時吃飯、吃好多生果蔬菜、做運動。媽媽常說：『健康一點，可以陪多你幾年。』我爸爸是六十幾歲時死的，媽媽現在六十二歲了，所以立法會大樓有細菌，真的好可怕。」榮欣坦言，不能想像沒有了媽媽。

榮欣小時和媽媽，不是這樣親近的。

當年爸爸病了，媽媽的事業剛好登上高峰——擔任人民入境事務處長，成為香港歷史上首位執掌紀律部隊的女性，每天都不停在辦公室和醫院奔走，有次開車到醫院途中更險些撞車。葉劉淑儀當時完全沒對外人說，同事也不知道，後來接受訪問才透露：「有時候周末留在辦公室工作，望著外面藍天白雲，想起抱病的丈夫和缺乏照顧的女兒，心裡就會很難過。」

爸爸終於離開，媽媽出任保安局局長，由早會到晚宴都在工作。同學的媽媽會張羅鋼琴班、芭蕾課等興趣班，榮欣說媽媽不但沒有安排，就算放假也突然有應酬，她唯有跟著菲律賓工人去中環，意外學會好多菲律賓歌。

可能因為缺乏照顧，榮欣說小時好佻皮：「成績不好，整天和老師『駁咀』，最大聲最嘈好似黃毓民，我就是我班中的黃毓民！」一點也不像媽媽自小非常愛讀書，並且曾經努力實現夢想當作家。她還試過跟媽媽和一班政務官喝茶，居然把豉油、麻油、蝦餃、燒賣等等混在一起迫別人喝掉！

高官如許仕仁嚇了一跳：「媽媽在外面那樣威猛，但對著女兒就完全不行！」

二零零二年六月，港大民意調查顯示葉劉淑儀得分最高，是一眾局長中最受市民歡迎的，可是九月港府開始就《基本法》第二十三條立法，民望馬上從天上重重跌下來。

「掃把頭！」示威的人們對媽媽的聲聲人身攻擊，彷彿一支支針刺中十三歲的榮欣心裡。「我的朋友也去遊行，我好生氣：『我媽請過你吃飯，你去遊行!!』」她現在說起來，還是有點激動，並且因此和一些朋友鬧翻了。

二零零三年七一大遊行，七月十六日葉劉淑儀辭職，是首批辭職的問責局長之一，榮欣和媽媽一同飛去美國，她唸中學，媽媽入讀史丹福大學。

母女關係，突然不一樣。

「在美國，媽媽由高官變成學生。」榮欣說終於享受到前所未有的天倫樂：小時一直渴望媽媽送她上學，終於在美國，去哪裡都是媽媽開車。「媽媽很沒有方向感，以前都坐司機開的車，那我就負責看地圖。」榮欣笑說這一點比較像爸爸，對數字和方向都比較敏感。

「對爸爸的記憶好淡，已經不很記得了。」她輕輕地說。

榮欣說童年一直孤零零，唯有不停搗蛋爭取注意，到了美國才發力讀書。中學時她很喜歡數學，但大學還是選修政治哲學。「遊行是否最有效的方法？民主是否最好的制度？民主制度中也有哪些方案……我對政治問題，愈來愈有興趣！」

和媽媽的距離，也就愈來愈近。學校裡讀的書，帶回家，竟然發現媽媽早已買了，兩人常常談政治，都喜歡看奧地利經濟學者 Schumpeter 的著作。

「我和媽媽相差三十九歲，最初一定有代溝，可是漸漸就似媽媽。」榮欣說：「有些同學的媽媽喜歡買東西、吃美食，子女也就很懂得享受。我媽媽一輩子都要很硬淨，很勤力，寧可待在『戰場』搏命。我小時會投訴，可是現在很體諒，我發現自己和她一樣，都是醒來馬上想工作，永遠想像不到這輩子待在家裡做『師奶』。」

她二零一二年剛大學畢業，已經加入媽媽創辦的新民黨工作：「前陣子媽媽在立法會投棄權票，令優先處理政府重組架構的決議案無法通過，也是聽我的意見。」她一臉自信，淡定，比同齡二十二歲的女孩都要成熟。

白天和媽媽一同上班，助選、訂定策略、整理員工架構，晚上累了一同去按摩，母女像兄弟般「拍住上」。她自言還沒決定從此從政，兩年後也計劃回美國唸MBA，但加入政黨工作，起碼可以多點時間見面。她會心痛媽媽工作時間太長，能幫忙的，都會幫忙。

母女間，公事的範圍很大很大，私事卻如蜻蜓點水。

榮欣不再像小時期待媽媽像別人一樣為孩子焗蛋糕、做便當。「我從來沒有見過媽媽煲水，頂多是進廚房拿水。」她笑媽媽一點也不懂得煮飯，在美國曾經嘗試烤叉燒，卻烤焦了。

媽媽也從來不過問她的感情事。「Don't ask, don't tell，美國男女關係比較開放，媽媽不問，我也不用答。」榮欣說：「媽媽提過，不用抱孫，我也不想有孩子，好痛！而且生了孩子，我會花很多時間去陪孩子！」她心目中的母親，還是會付出更多吧。假如結婚的對象，是在美國？她也想好了，媽媽如果繼續留在香港，自己便會美國香港兩邊走。

最近葉劉淑儀突然說：「千萬不要送我去老人院。」

「唔會唔會，點會呢？」榮欣連忙答。

阿牛
阿媽也上街

阿牛（曾健成）在二零一二年八月成功登上釣魚島後，被日本政府拘留，原本愛追電視劇的老母親，急得天天都追看新聞報導。兩日後阿牛被釋放，坐飛機回香港，機場採訪的傳媒超過二百人，母親也很想去接機，可是被其他兒女阻止——母親快九十歲，身體已經很差了。

本來要做「通波仔」的心臟搭橋手術，腎臟衰竭需要洗腎，但母親和家人都不想再承受這些治療，終於在十月離世。阿牛在母親的葬禮後，不禁說：「自己作為兒子，沒讓阿媽有真真正正的『安樂茶飯』，過去行動或多或少都令她擔心，希望她能夠安息上路。」

就像一頭蠻牛，阿牛本來是地盤判頭，一九八九年看到北京的學生爭取民主，大受感動：「那時我跟朋友打麻將，聽見新聞報導說學生運動被政府定性為『動亂』，當下拍桌子：『不打牌了！』馬上衝去新華社！」

他氣得從此不做工，全時間示威：「我對太太說，雖然不知道可以做什麼，但我很想做點事！」

媽媽也支持，由第一年六四燭光晚會開始，每年都會帶孫仔孫女去靜坐。

阿牛的父母都是基層出身，爸爸是越南華僑，五十年代回廣州結婚，曾經發明一部「爆米機」，可以把白米爆成米通，腰果、豬皮等都可以爆開加工，生意很好，可是竟被政府控告「浪費國家主糧」，迫得移居澳門。曾家五十年代流落到香港，生活很艱難，爸爸做收賣佬、裝修，媽媽生了五個孩子，也得去地盤做粗活。一家人住在街尾冷巷，阿牛是長子，六歲便開始煮飯，照顧弟妹。

窮人家的孩子早當家，阿牛很早輟學做建築。爸爸才五十歲便過身，那時阿牛的事業已經有點成績，請了一班學徒、夥計，便叫媽媽不要再做地盤，幫手煮飯。

「肥婆媽！」夥計都這樣叫阿牛的媽媽：「我要吃兩碗飯啊！」

「你食得完先好啊！」媽媽笑笑說，那夥計新來的，不知道曾家用湯碗裝飯，一碗等於幾碗！十幾二十人的飯餸，都由媽媽一手包辦，阿牛最記得媽媽的「炆豬頭肉」，很下飯。

阿牛八九年開始從政，九一年獲選為區議員，九五年更當選立法局議員，躋身當年「尊貴」的議員間，非常觸目。當年的港督彭定康很愛跟阿牛開玩笑：「立法局開會，會穿西裝嗎？」阿牛於是西裝骨骨出現第一次會議，贏了彭定康五百元！

後來彭定康又問阿牛：「習慣當議員嗎？」

當時幫忙翻譯的，還是港督私人秘書曾俊華，阿牛認真地對曾俊華說：「你幫我好好翻譯：就像我代表的功能組別「漁農、礦產、能源及建造界」，俗稱：「調理農務化工系」（粗話諧音）……」

「彭定康聽了，開玩笑一槌打過來！他到現在，年年都寄聖誕咭給我。」阿牛說起，洋洋得意。

九七年後，阿牛屢次參選立法會選舉，屢次落敗，區議會議席也不保，但他依然堅持站在街頭抗爭，但凡大型遊行都會看見阿牛親手製造的政治人偶如董建華，或者坦克車；二零零五會創辦民間電台，雖然被判非法，至今仍然堅持廣播；甚至不斷出海，試圖登上中日領土糾紛的釣魚台。

弟妹有時會跟阿牛吵：「你唔好去咁盡喎！」

「都唔係好盡啫！」阿牛反駁。

站在身邊的媽媽，總是撐阿牛：「都唔係好盡啫。」

陳淑莊
好好笑好好笑

陳淑莊提起媽媽，總是一疊聲：「好好笑！好好笑！」

有幾好笑呢？

陳淑莊由劇場殺入政壇，以新丁姿態贏得立法會選舉，有一天正在開立法會會議，突然收到家裡來電——媽媽經常在內地工作，很少突然致電，可是剛好投票，不能接電話，陳淑莊很擔心，好不容易等到投票完畢，馬上一個箭步走出議事廳，打電話回家。

「阿媽，什麼事？」

「阿女，你開工啊？」

「當然啦！」

「我在電視見到你。」媽媽的聲音帶著笑。

「你又打電話來？」陳淑莊放心了，卻不明白。

「貪得意啫。剛才那麼多人舉手，你不舉手？」媽媽居然問。

「那是投票！」陳淑莊馬上爆笑。

「我阿媽，對政治一點興趣也沒有，我問她記得我入了什麼政黨？她說：『公文袋吖嘛』好好笑！」這個公民黨的副主席，豪爽地大笑。

陳媽媽對女兒最大的期望，就是當律師。陳淑莊本來受八九民運影響想讀政治，因為母親反對才考入港大法律系，畢業後曾經任職投資銀行，媽媽非常失望。幾年後，陳淑莊再唸法律正式成為大律師，媽媽滿心歡喜，沒想到過幾年又因為場演出政治喜劇《東宮西宮》，獲邀加入政黨自此從政。二零一二年選舉落敗，媽媽一邊替女兒不忿，一邊說：「阿女，你做返正職啦！」

換作其他女兒，可能會埋怨母親不支持自己：「有冇搞錯，一點也不明白我！」但陳淑莊說來，卻是：「我都不知道自己做什麼，隔幾年就轉一次行，不過無論我做什麼，阿媽都最明白我！」

爸爸在陳淑莊才七個月大，便去了法國，媽媽迫得打兩份工維持家計，後來又創業開工廠生產化妝手袋，中港兩地跑，陳淑莊是公公婆婆帶大的，但跟媽媽，一直可以坦白地對話。「爸爸去了法國不回來了、有了新家庭……媽媽一聽到什麼消息，都會照直告訴我，我回學校也會照直告訴老師同學，大家都當沒事兒的，我也就沒所謂。」

加上公公婆婆照顧極細心，陳淑莊從不覺得家庭很破碎，更習慣和媽媽無所不談。

十二、三歲，媽媽就教她喝紅酒、白蘭地，中五帶她和同學一起去見識的士高，連女兒身邊的朋友，都喜歡和這位開通的阿姨聊天。

陳淑莊覺得媽媽雖然一直嘮叨要她當律師，可是實際她做什麼，心底都是支持。每一場表演，媽媽都會來看，甚至陪著一起去外地演出；她參選立法會，媽媽終於登記做選民，一生人第一次投票，就為了投給女兒；就連對她的男朋友，也是先口硬，繼而心軟。

「我的男朋友，媽媽都要經年才能接受！那時跟英雄哥一起，媽媽最初上去他的菜館是臉黑的，一直給臉色，可是兩年前我們分手了，英雄還不時找我媽媽談天，兩個人想法似到不得了！好好笑！」陳淑莊說媽媽倒沒緊張她再拍拖，可能自己也經歷過感情創傷，不會勉強。

兩母女相依為命，不時「拍拖」買衣服，偶然小吵嘴發脾氣，唯有政治的事完全不提：「媽媽不懂政治，我反而安心，不用擔心她擔心！」

最近媽媽退休了，陳淑莊買了平板電腦給媽媽。「阿媽天天打機、通宵上網看韓劇，唉，現在輪到我要管她了！」她做個鬼臉，開玩笑說。

江獻珠
女兒最叻洗碗

江獻珠成為一代響噹噹的烹飪名家，女兒 Sharon 很驚訝：「媽媽明明『十指不沾陽春水』，以前從來不進廚房。」

故事得從上一代說起。江獻珠的媽媽，也不做飯，整天掛在口邊：「女人一定要自強，千萬別想著靠男人。」

江孔殷太史有十二個太太，一屋女人都圍住男人團團轉，唯獨是江獻珠的媽媽不一樣。媽媽年輕時是高材生，就讀女子師範學校，當時所有女學生都會經過江家的里巷，江太史特地端一張椅子坐下，緊盯著經過的女生，最後選中給江獻珠爸爸做妻子的，剛好就是江獻珠大伯娘的姪女，親上加親，一對新人很快便一同去美國留學。

學成後，江家已從廣州遷到香港，家道中落，江獻珠說爸爸「一進了石塘咀便出不來」，終日流連花間，家裡擔子都落到媽媽身上。媽媽曾經在中山大學教化學，又在外交部兩廣特派員公署當科長，昔日江太史請客，太太們都會把首飾拿出來變賣湊錢，後來改由第二代去「贊助」，例如每年祖母的壽宴，便是有收入的媽媽帶頭出錢。

媽媽天天都在忙，從來沒有進廚房，唯有日戰時期走難回鄉，才想辦法張羅。「那時只能用一個小瓦煲煮飯，我負責燒炭透火，爸爸洗米，然後媽媽在飯面加兩磚豆腐、幾粒豆豉。走難，這樣吃一頓也不容易啊。」江獻珠對媽媽做飯的記憶，就僅僅是這煲仔飯。

媽媽有學問，自然督促子女用功，江獻珠和哥哥自小就親自教古文。江獻珠後來入讀廣州中山大學外文系，除了英文，還修讀日文、法文，「媽媽說，唸外文以後可以教書，或者去洋行打工，我們那一代，沒有講什麼理想的。」江獻珠說，可是一九四五年唸到大學四年級，卻因為家事要退學。

這一退，足足要用多十一年才領到大學學位！

江獻珠一九四九年進到中文大學崇基書院當小文員，同時開始修讀工商管理的學士學位，所有課堂，都得安排在早上九點上班前或下午五點下班後，其中通識科要修夠十六個學分，直等到一九六零年才能畢業。

一九六三年她得到獎學金，去紐約新澤西的私立大學 Fairleigh Dickinson University 讀商管碩士課程，早上在保險公司做研究，下午三點提早下班便開兩小時車去上學。一九六五年終於考入紐約大學的商管博士課程。

「媽媽好想哥哥讀博士，可是哥哥有工作、有家室，沒法唸。我便去圓媽媽的心願。」江獻珠坦言。

當時江獻珠在紐約重逢陳天機，陳天機當年在廣州唸大學，已經追求過江獻珠，將近二十年過去，兩人才走在一起。陳天機要到矽谷工作，向江獻珠求婚。這時江媽媽開口：「你到底要學位，還是家庭？」

不是說男人都靠不住嗎？

可能是因為江媽媽曾經在中山大學教過陳天機，又可能心痛女兒冷天雪地還得開夜車從學校回家，這樣一說，江獻珠便決定結婚，那一年，她已經四十歲。

原本以為婚後還有機會完成博士課程，只是流產幾次，身體變差：「書沒唸完，家庭又不能完整，有段時間也很徬徨。」

正是失落，媽媽突然患上癌症，江獻珠盡心照顧。因為化療，媽媽味覺受損，卻益發想念當年江太史府第吃到的種種手工菜，尤其是波菜羹。江獻珠試了一次又一次，終於做出來。

烹飪之門這才打開。

鑽研四十年，江獻珠的烹飪書本在書店一字排開，教出無數徒弟。所有人一知道 Sharon 的媽媽是江獻珠，都會問：「那你做菜一定好叻！」

「我最叻是洗碗！」Sharon 總是笑著答。

Sharon 說，小時候挺怕媽媽的，甚至不敢跟她說話，因為媽媽來自大家庭，要求坐要坐得好，站要站得直，樣樣事情都要執正來做，反而跟爸爸親近得多。十五歲時媽媽取得獎學金赴美國唸書，Sharon 更是和爸爸相依為命。直到十八歲她去美國唸大學，才多了機會跟媽媽談話。

一般人想起江家的名菜，也許會想起太史蛇羹，然而江獻珠想起媽媽煮過的，是戰爭時的豆腐煲仔飯。Sharon 記憶最深的，也不是什麼名菜，而是一鍋咖喱雞。「媽媽有幾年教夜校，忘記了是一個星期一次還是兩次，上學前她一定會用電子瓦罉炆一煲咖喱雞，我大學一放學就可以吃到。」

很好吃嗎？有什麼特別？

Sharon 卻沒有印象了，只強調方便又快捷：「雖然沒有人在家，但嗅到咖喱香，就不用擔心，一定有得食。」

Sharon 甚至沒有機會跟媽媽學做菜。江獻珠在美國偶然去志願機構做義工做菜，

Sharon 只是幫忙洗碗、換鍋子等，一九七九年江獻珠回香港，Sharon 在美國的電腦公司上班，唯有靠著媽媽寫的烹飪講義，自己慢慢試。

「媽媽那時還沒有出書，但在家教烹飪編寫了一些講義，我要上班不能跟她學，唯有影印講義。那個年代長途電話費好貴，不懂做菜無可能打長途電話或者寫信，都是一邊看，一邊猜。」

後來媽媽出書，Sharon 自然是忠實擁躉，媽媽每期在雜誌的專欄，都一定看。二零零五年 Sharon 退休，還特地去廚藝學院上課，一星期五天上足半年。她很謙虛，說常常看見電視的烹飪節目，跟著食譜做又不肯定味道對不對，剛好退休有空便去上課。

在廚藝學院，Sharon 終於學到一直希望懂得煮的八寶鴨：八十年代她在朋友婚宴上吃到，覺得很厲害，到了廚藝學院才有機會請老師示範如何把全鴨去骨，然後憑記憶，填了薏米等八樣食材進鴨腔。家庭廚具所限，本來是先炸後蒸，改為先煎後炆。凡是宴客，Sharon 都會做這道「拿手菜」。

一次媽媽來美剛好生日，Sharon 特地煮這八寶鴨。

媽媽的反應？

Sharon 頓一頓，才說：「啊，她是『百彈齋主』，好多時都有意見。」

會不高興嗎？

「媽媽是權威，權威來批評當然是對的，可是其他人，像我先生，批評我就不高興了。」Sharon 笑說：「媽媽常常說：『你們吃過什麼！』那丈夫憑什麼來批評我？」

現在 Sharon 天天都會從美國打長途電話給媽媽，除了關心健康，兩母女就是聊烹飪，例如：意大利有一道菜是釀茄子，中式可以怎樣做呢？

蔡珠兒
藏起來的好味道

台灣編輯朋友來香港，特地要拜會蔡珠兒，我才知道這位在台灣甚受歡迎的美食作家，十多年來一直住在香港，其中一本作品《種地書》還寫她在愉景灣耕田種菜！

香港的燒鵝，在蔡珠兒的筆下，忽然文藝：「吃燒鵝讓人心花怒放，滋生醺醺然的幸福之感，淋漓豐肥，狂恣放誕，那真是肉食的極致，赤紅亮澤濃香四溢，絕對的肉感像整桶酥油潑瀉而下，灌頂沐身，澆入心底暗處的獉狉蠻荒，飽饜野悍的原始食性，歡愉痛快登峰造極，帶著一點危微的凜慄。」

香港的水呢，也給她嚐透了：「東江水，水質平軟，但味道麻麻地，約有股土味和油悶味，到了春夏，就轉為鮮明尖利的氯味，彷彿染滿泳池折射的藍光。」

蔡珠兒曾經是台灣《中國時報》記者，一九九四年嫁到英國，一九九六年隨丈夫來港定居。她頗抗拒被稱為「美食家」，可是食物是一道門，讓她好不容易地投入異地的生活。她臉書上一張張做菜的相片，直叫人流口水：竹筍粥、菜肉餛飩、棗泥艾草粿、桂花酸梅湯，這邊廂剛醃好酸白菜、煮了鹽水八角花生，突然又想到把馬蹄肉碎釀進油麵筋，還打個韭菜結，一年一度的「老蔡肉粽店」更是隆重其事，幾天幾夜準備材料，才精心做出那小小一堆八寶粽和棗泥紫米粽。

「成年後我對吃飯異常執著，講究烹燒注意情調，絕不苟且。我要向寡淡無味的童年伙食報復。」蔡珠兒在網上最為廣泛流傳的一篇文章，是這樣開頭的。

媽媽熱衷宗教，總是奔走於道場、法會、教友之間，家裡五個孩子都得「自力更生」，蔡珠兒是大家姐，六、七歲便站在椅子上做飯炒菜。媽媽很會做菜，過百教友的聚會，總能煮出滿桌各式各樣的精美素菜，可是回到家裡，冷飯鹹菜隨隨便便，所有孩子沒有選擇，也得吃素，味道也得孤寡清淡。

「這深深傷害了我。」蔡珠兒說。

媽媽信教後，爸爸亦跟著著迷，不斷向兒女講道理，甚至把家變成道場。蔡珠兒坦言很壓迫：「他們都是接受日式教育長大，動輒又打又罵。」她說那宗教的教義很怪，不但歧視女性，又牽扯到外星人，小時候被迫相信，十二、三歲還曾經講道，可是長大了便急急離開。

蔡珠兒大學畢業後當上記者，正值台灣開放報禁，新聞界嚐到自由的甜頭，記者編輯都像裝上摩打般興奮。蔡珠兒編輯一份周報《文化觀察》，探討五花八門的文化現象。只是很快地，就踩到地雷，整份周刊被迫結束，未久，她辭職結婚。

是到了在英國，才開始認真做菜。「做生意不是有句話：時間、時間、時間？」她說：「做菜的關鍵是時間、時間、時間。」來到香港，她先是住山頂，然後搬入愉景灣獨立屋，經濟無憂，除了寫作，就是烹飪。丈夫對吃不講究，她唯有不斷大宴好友，漸漸燒出一手好菜。

幾年前媽媽病重，蔡珠兒回去台灣，和妹弟一起在醫院守了七天。握著媽媽的手，靜靜看著媽媽過世。爸爸依然在傳道，弟弟更接棒成為領袖，去各地講道，五兄弟姐妹，只有這位大家姐，意外地變身美食作家，一家人聚頭，她卻又理所當然地走進廚房。

回到香港，蔡珠兒心裡空洞洞的，就做了一個熱情濃郁的紅蘿蔔蛋糕：胡紅蘿蔔去皮，刨絲；檸檬削皮，榨汁；香草莢刮出莢內細籽，打雞蛋，攪麵糊……甜香漫漫，填滿整間房子。

文章這樣結束：「在夢裡，我烤了紅蘿蔔蛋糕給媽媽吃，豐潤厚實，暖熱噴香，我說，媽媽，妳沒有給我的，我自己做到了。」

劉健威兒子
爸爸是偶像

別人看「留家廚房」是劉健威、劉晉父子上陣，劉晉卻心知肚明，站在自己身邊的，一直都是媽媽。

餐廳燈泡壞了，媽媽叫人換；廁所塞了，媽媽叫人整，全間公司實際運作、管理帳戶、訂貨……都是媽媽，劉晉主要設計食譜、招呼客人，兩人天天一起待在辦公室，時時都是並肩作戰。

劉健威曾經批評太太對吃沒有興趣：「她吃飽了就可以，例如早上買了幾個包，有兩種味道，但她只蒸熱一種，我就說有兩種，為何不配在一起，多些變化？」可是在劉晉眼中，媽媽就是這樣實際。

「媽媽在中學教地理和英文，下課馬上趕去買菜，一邊煮飯，一邊聽我坐在旁邊的小板凳唸書，晚上還要做家務、批改課本、備課。她煮的，都是簡單穩陣的紅衫魚滾湯、番茄炒蛋、老少平安。」劉晉說。

對食物有要求的爸爸呢？「如果爸爸煮飯，廚房會翻轉！」劉晉笑了，他從來沒看過爸爸洗一隻碗。

在身邊的，一直都是媽媽，可是小時爸爸是心中的偶像。爸爸不時拿了獎學金去美國兩個月、德國三個月等等，劉晉才三、四歲，曾經堅持要在巴士站等爸爸回來，等到瞓了，由媽媽揹回家，又試過半夢半醒，抱著紅色郵筒當作爸爸喊話。中三、中四，爸爸開始帶他去酒吧，聽爵士樂、蒲六四吧，劉晉不喝酒，因為要負責半夜把爸爸拉上計程車回家，甚至還得張羅車錢。

大學去澳洲唸園林設計，畢業卻決定加入飲食業。劉家與食物有緣，曾經在中山開茶居、又有親戚當廚師，劉健威九八年開酒吧時，意外地和對面的家俬店一起辦私房菜，開創本港私房菜先河，聽見兒子也有興趣，爸爸興奮得寫了一首新詩。

媽媽幫忙的方法，是退休後特地上課學習餐飲管理，可是一家人走在一起，爭執不斷。「爸爸總是熱烈地開頭，很多主意，可是沒法持續；媽媽一直教書，自然比較一板一眼，我夾在中間，不斷做『和事佬』。」劉晉說，漸漸大家才找到相處的方法，例如最近：爸爸堅持要賣黃魚麵，甚至全部用野生黃魚熬湯；兒子卻覺得野生黃魚吊味便可，湯底可以加入牛鰍魚；媽媽一開聲便是野生黃魚太貴，來貨不穩定。

「我就打圓場：如果買到野生黃魚，才供應黃魚麵吧，一天頂多供應三、四碗，一個月後大家看反應再檢討好了。」劉晉這樣一說，爸爸媽媽都不作聲，也就不用傷感情。

兩父子，都在報章寫專欄，文筆內容截然兩樣：劉健威見聞廣，故事多，狠起上來絕不留情，李純恩說看不懂也斯的新詩，被劉健威寫文大罵沒文化；劉晉的文字可是斯文如溫水，各種食材資料豐富。

如果沒有開餐館、寫專欄，便不用活在爸爸的影子下吧，但劉晉不介意：「我們的背景見識都不同，他有火，可以無後顧之憂地罵人，我會看書、研究，走不同的方向。」

爸爸多數待在家，劉晉在辦公室寫完稿，往往隨手給身邊的媽媽看看，才交稿。

楊崢

雲吞原來可以買現成？

當別的媽媽都在操心女兒的婚姻大事：「阿囡，快點嫁啦！」楊崢媽媽過去三年碎碎唸的是：「快點寫書啦。」

三年前楊崢突然很想買一本烹飪書。「最好當然是世界級名廚寫的，可是那些名廚的食譜書可能只有一半菜式可以跟著煮。如果有一本書可以請來很多國際名廚，示範很短時間內能煮好的一道菜，那不是很好嗎？」她當然找不到這樣的一本書，於是她寫了一本。

要訪問擁有米芝蓮餐廳的名廚，很難；要名廚親自示範菜式，更難，並且要求又快又容易——怎樣的名廚才會答應？楊崢已經不計成本，飛了十多個城市，仍然不斷吃閉門羹。「放飛機」最厲害的一位，是一位美國的名廚，本來透過另一位名廚約好了，但去到紐約他的餐廳，公關說他正好出書，去了全國辦簽名會。楊崢跟著公關指示飛去加州，沒能見面，唯有自己開車去名廚在納帕谷的另一間餐廳。

「Napa 的酒店，你去過都知道多貴！我心想你在紐約和加州都沒出現，去到 Napa 也多數『甩底』，可是依然去了，果然名廚不在！一場來到，我想付錢吃一頓飯，那公關的態度真的是『你說吃就吃嗎？我們要一年前訂桌子的，不過，可以請你去餐廳走一圈。』『走一圈』！博物館嗎?!」楊崢也氣了。

名廚其實每隔幾年便會來香港示範，楊崢在香港再約訪問，對方依然拒絕，於是她付錢吃名廚煮的一頓飯，那是她人生最貴一頓飯：一人七千元。

飯後名廚現身，楊崢把握機會介紹自己，名廚說知道這件事。

「So do I have the honour to feature you?」她問。

「I think your concept is ridiculous!」名廚說畢又不好意思：「Oh I don't mean like that.」

「所以我還沒有放棄，仍然會繼續約他！」她一副不服輸的樣子。

她說，其他成功訪問的四十五位名廚，一開始也是很公式化地對答：「直至他們看到我這樣一個女孩，穿著高跟鞋在廚房走來走去，不怕熱、不怕火，寫著筆記本抄抄抄，就覺得有趣，會幫我完成。」

楊崢十一、二歲，已經在廚房拿著筆記本抄抄抄，記下媽媽煮菜的方法。楊媽媽不是廚師，少年時最擅長的反而是物理，曾經是全上海物理考試的頭幾名，可是因為文化大革命，沒機會唸大學。八十年代，楊媽媽硬把三歲的楊崢帶來香港，楊爸爸本來是工程師，亦辛苦地轉行。楊媽媽天天上班，仍然堅持中午回家煮飯給楊崢和弟弟吃。

雲吞原來可以買現成的？這是楊崢長大了才發現，家裡的雲吞，從來都是媽媽親手包。新年去到當時男友的家，竟然吃外賣盤菜！她更大吃一驚：媽媽都是三天前準備，煮出一桌子好菜。

楊崢自從把寫書的念頭告訴媽媽，媽媽就大力支持，一看見女兒做完工作，便再三提醒她把書寫成，出版社還不敢這樣催稿呢。大概是挾著一股媽媽當年作為新移民的毅力，楊崢終於把心目中的書寫出來了：《For Two in 32 Minutes 把米芝蓮廚藝帶回家》最後包括二十六位米芝蓮名廚，所提供的五十三個食譜，都說是三十分鐘內可以完成的，還多出來兩分鐘放好餐具。

「嘩，好靚！好像外國的書！」媽媽收到時，剛好感冒，窩在家裡三天每個字都讀完：「阿囡，我覺得你很不簡單！」

楊崢笑了。

謝寧
大後方是媽媽

謝寧開了四間曲奇餅店、主持烹飪節目、在雜誌寫烹飪文章，這一切，都是媽媽意想不到的：女兒明明小時不進廚房，討厭濕漉漉，最憎「立藕藕」，連喝一杯水，都要媽媽進廚房拿。

一百八十度轉變，始於第一段婚姻。

一九九一年謝寧嫁給岑建勳（John）。岑建勳已經離過兩次婚，這次痛定思痛，擱下如日中天的電影幕後事業，和謝寧一起移居加拿大，三年便生下兩個女兒。謝寧也一改婚前的任性，天天對著烹飪書學做菜：「是我自己好勝，好認真去鑽研，好努力，一定要做好，我很希望John會自豪，家裡的女人可以給他一個家，讓他滿足。」

岑建勳在英國唸大學時待過廚房，懂得煮，更懂得食，謝寧說：「他不會『彈』我，可是每道菜都會說什麼可以再改進。」她下次又會更努力，廚藝就是這樣練出來。

岑建動後來去台灣創辦電視台，謝寧完全是他的「大後方」，連創業伙伴的住宿生活都是她打點；二零零零年回流香港，謝寧還特地提早兩個星期回來，當她替聖誕樹結上最後一根絲帶，岑建動正好便和兩個女兒踏進家門。

很努力，很努力，可是婚姻還是出現裂紋。

還是謝寧媽媽心水清，很早便擔心女兒不一定適合和岑建動一起生活。

謝寧媽媽和爸爸都是北京音樂學院的高材生，在樂團工作，為了女兒從內地來到香港，艱難地重新起步，在家教聲樂。媽媽從小便栽培謝寧學鋼琴，希望她也能從事音樂教育，沒想到女兒去選香港小姐，還當上了冠軍。謝寧後來拍電視劇，是當紅的古裝片女主角，媽媽也放棄事業，跟在身邊照顧。

謝寧決定和岑建動結婚，媽媽不支持，但也不反對，可是一有需要，馬上飛過來。「我在加拿大生孩子，媽媽便過來和我一起住，然後一起去台灣，兩個女兒都是我媽媽幫忙帶大的。」謝寧說：「我是John的大後方，媽媽就是我的大後方。如果沒有媽媽體貼我，我根本等不到女兒唸高中才提出離婚。」

謝寧和岑建動，在二零零五年手拖著手，宣布離婚。他讚她是「perfect wife」，她也說他從來不霸道，亦沒讓她辛苦，只是兩人結婚這麼多年，從沒吵架。

「我好尊敬 John！他眉頭一皺，我就什麼都不敢說了。」謝寧到今天仍然覺得可惜，完全沒有吵架，也就沒有溝通。

但也是這段婚姻，讓她走進廚房，並且訓練出獨立的處事能力，今天才能應付餅店的生意。每一天，她都會去所有分店巡視，中央廚房生產的每一款餅乾，她都會試吃，確保質素。

並且也更懂得和現在的丈夫相處，兩人偶爾吵架，很快便沒事。

她尤其感激媽媽由始至終，一直在身邊。她小時和媽媽什麼都說，感情煩惱、生活瑣事，媽媽通通都知道。第一次結婚後，嘴巴不說，媽媽什麼都看在眼裡，可是現在創業，再婚，經歷人生更多轉變，她開始選擇「報喜不報憂。」

「媽媽八十一歲了，我只想她聽到好消息，不想她再擔心我。」謝寧說。

林子祥兒子不曉得媽媽

訪問林德信因為他爸爸是林子祥？不不不，完全是因為他的媽媽吳正元。

七十年代捞電視汁長大的，對吳正元都會有印象，專訪明星十多年的記者王志強這樣落力形容：「細細個第一位心目中的型女是吳正元，有智慧、打扮獨特、非典型靚女，像黑妹、嬉皮士，七十年代花的兒女。那時都覺得繆騫人是型女，但她漂亮，所以不算單靠型出眾，吳正元則是真正型女。」

在劃時代的電視劇《七女性》，吳正元演第三者，和男主角有露背床上戲，但更大膽是意識：情婦和正印太太可以做朋友，三個人一起在家吃晚飯，兩個女人甚至交換衣服穿。在戲裡吳正元很坦白：「我想你老公留在我身邊。」「你們不過是逢場作興罷了。」飾演這樣開放的太太是苗金鳳。

這劇在一九七六年播出時，林子祥還在玉石樂隊唱英文歌，吳正元更早被觀眾認識，當時兩人可能已經在一起：七五年吳正元在佳視做幕後，為玉石樂隊拍攝特輯而認識林子祥。

拿出吳正元當年在《七女性》的劇照，林德信瞪大眼睛：「完全沒有看過！我甚至不知道媽咪演過戲。」他說在美國的家曾經火災，很多舊照片都燒掉了，細看相片，他不禁說：「妹妹的側臉，和媽咪一模一樣！」

他說起前陣子，他和妹妹跟爸爸一起住，爸爸每天早上四點便起身吃早餐，有天正要出門，打開門剛好看見開完派對回家的妹妹：「我爸爸嚇了一跳，向後退了一步，他以為妹妹是我媽咪！」

人人都覺得林德信的樣子是「小阿 Lam」，但林德信自覺更像媽媽。他拿出在美國當瑜珈教練的相片：長頭髮曬得黝黑，非常嬉皮士，令人想起吳正元跳舞的樣子。他也與媽媽更親近：「我們每天都通電話，什麼都談，真的是朋友。」

這樣親密都不曉得當年的幕前演出，可見吳正元也不當是一回事。八十年代吳正元和林子祥在美國結婚，加入華納唱片成為高層，是黃柏高的上司，捧紅林子祥，簽下葉蒨文。

八五年吳正元生下兒子，一年後生女兒，八八年辭去華納總經理，移民三藩市。九五年正式和林子祥離婚。

林德正說全家都是安靜的人，小時一家四口的活動，往往是看電影、打 Golf：「都是不用說話的。」八十年代爸爸很忙，經常不在家，離婚後反而每個暑假會和爸爸待在一起。從小長大，家裡就是媽媽，林德正所有的音樂啟蒙主要來自吳正元：「她整天播音樂，古典的、爵士的、流行的，又要我和妹妹學鋼琴。」

很難想像型女做家務，果然林德正記得媽媽煮的食物，都是簡單的沙律、番茄炒蛋、一大杯蔬菜水果榨汁攪拌在一起。

真正影響林德正的，是吳正元的勇敢：「媽媽很愛試新事，小時候最討厭便是聽到我和妹妹 say no。」兒子現在進娛樂圈，她很支持：「什麼都可以試啊，我覺得你也可以試試演戲！」

吳正元如今在美國開瑜珈學校。林德正拿出她的近照：有次兩母子一起去紐約，是媽媽給《New York Times Magazine》的特約攝影師看中拍照，攝影師請她擺 post，吳正元馬上做出一字馬，照片中還揹著手袋。

嚴浩兒子左派遇上嬉皮士

嚴浩的兒子 Ling，兩年前改了名字。本來的名字嚴羚，是導演許鞍華起的，當年嚴浩和許鞍華在剪片，閒聊為孩子起名，許鞍華看見膠片在跳，好像羚羊，孩子又屬羊，就說：「嚴羚吧。」演員、歌手、MTV 導演、電影配樂、音樂創作人……由紐約、香港、到北京，Ling 果然跳來跳去，可是他三十歲時，決定改變。

其實單看外表，沒很多人會想到 Ling 是嚴浩的兒子。那天他接受訪問時有點累，頭髮長長的，只剩下一對眼睛，突然讓人想起梁朝偉。「你不是第一個這樣說。」Ling 有點不好思意。他不像爸爸，像媽媽。

媽媽陳燭昭是陳樹渠的女兒。陳樹渠的叔叔陳維周是廣東軍閥「南天王」，陳家定居香港時在北角大興土木，整座繼園山都是陳家物業，陳燭昭長大的豪宅，竟然包括一座山！

陳燭昭唸貴族學校，大學卻在嬉皮士重鎮三藩市，七十年代回到香港在無綫電視當編導，認識了嚴浩。嚴浩父親是《新晚報》編輯嚴慶澍，嚴浩自小唸左派學校，有份在街上放炸彈，甚至在文革期間去新疆「下鄉」——背景如此不一樣，兩人還是在一起。

「很小便察覺爸爸那邊的親戚，和媽媽那邊的，氣場不同。」Ling 說：「什麼不一樣，我也不懂得說，爸爸那邊也不會說什麼國家大事，雖然都是閒話家常，但感覺就是不一樣。也許就是這兩個人，生了我這『怪胎』。」

媽媽最愛吃甜品，爸爸喜歡粗糧，兩人最後分開。那年 Ling 六歲，跟媽媽，他說年紀小不覺得什麼，反正爸爸常常拍戲，周末才見面很平常。

媽媽除了拍電視劇，也有創作舞台劇，趁著新浪潮，亦導演了一部電影《盟》。她曾經出英文書，以大量藝術攝影紀錄歷年搜羅回來的古董男裝手錶，後來又一頭撞入西班牙法蘭明高的世界。

陳燭昭上過《號外》封面，鄧小宇筆下的她：心高氣傲，活在雲端裡，嬌小的身形而能夠散發出如此份量的氣勢，可以算是一個小小的奇蹟。Ling 口中的媽媽呢，比較好玩：「我媽媽走路很快，一起行，她起碼快五呎！她不理人的，任何認識她的人，都知她走得快！」

Ling十四歲去美國唸書，陳燭昭一度移居比利時，不斷來回紐約和香港，近年的工作，是去學校教學生創意舞蹈。

有個「雲端」媽媽，Ling似乎也不需要落地，他在紐約大學唸表演，還未畢業便不斷參與爸爸的電影，一九九七年在《我愛廚房》當副導演兼配樂，二零零五年在《抹茶之戀味》當男配角，又簽約給北京的英皇。

直至二零一一年，他才終於決定專心從事幕後工作，名字也改為「嚴藝之」：「我想告別過去，重新開始，改了名心理上有點不同，做事方式也意外地改變了。」他現在一半時間當導演：拍攝MTV、準備一部長片，另一半時間做電影配樂，創作音樂，忙得連睡覺時間也不夠。

爸爸有教如何養生嗎？

「當然有啦！他叫我喝什麼油？呢，給他一寫，香港賣斷市那種呢。」Ling不住笑著說。

林姍姍女兒西瓜點升起？

林姍姍的女兒西瓜，對自己第一個電台節目頗為懊惱。「節目主要介紹日本韓國的新歌新料，如果換第二個青春少艾都是同樣效果，為何會是我？」她好希望可以找出自己的風格。

明明身邊都是廣播猛人，媽媽林姍姍八十年代大紅，舅父林海峰是商台「鎮台之寶」，林曉峰年少時在商台報交通，已經帶西瓜進直播室，隨便指點也是一條路。「他們都沒有說什麼，我也太乖，容易受長輩影響。」西瓜說媽媽尤其站得遠：「她說當年是意外地入行，意外地紅了，盲舂舂的，教不到我什麼。」

西瓜二十五歲，林姍姍在這個年紀，已經偷偷地在三藩市生下她，回到香港還能夠由港台跳槽到商台主持下午黃金時段的《姍姍收音機》，繼續出唱片，隨即正式結婚，生下次女野人，再離婚。

西瓜三歲開始，林姍姍便退居幕後，替草蜢、鄭伊健等當經理人。「媽媽好惡，但沒有辦法，當她有七千件事要解決，惡是最快途徑去解決事情。」林姍姍晚上都很忙，但每朝都會起來和兩個女兒一起吃早餐，那通常是薯仔番茄湯加米粉或通粉，再放兩片火腿，可是有一天，太忙，之前匆匆只能買麵包。西瓜一吃，便覺得味道好怪。

「你給我食光光！」林姍姍很生氣。

西瓜聽話地吃完，才從垃圾桶看到麵包的包裝紙，原來已經過期三個月！「那味道難聞到呢，接著幾年我每次嗝氣，都彷彿有那股怪味！」

如果是妹妹野人，會吃掉嗎？

西瓜笑著搖頭：「她當然不會吃。我由細到大，都盡量不想媽咪不開心。」妹妹野人比較佻皮、不愛唸書，西瓜可是從小到大都乖乖唸書、好好聽話，媽媽雖然忙，但還有公公婆婆舅父姨姨，周末跟爸爸去游泳，兩邊家人都像一張網，細細地照顧她和妹妹。

直至升上大學，才覺社會複雜。媽媽本來想西瓜唸法律，然而成績只夠進科大的工商管理。西瓜突然撞入商業的世界，渾身不習慣，她唸中學時好迷 DJ 森美，也想畢業後去電台工作，並且思前想後，克服心魔：「我不會和媽媽舅父他們比較的，他們是他們，我是我，根本沒法比，而且也不應該因為擔心，放棄我的興趣。」

同學卻好勢利。「她們都知道做廣播不會賺好多錢，不像會計師年年升年年加人工，同學衡量的方法，不是你識唔識，而是你賺多少錢。」

連媽媽都說：「你好笨，做這份工作！」兩年前，西瓜還是靜雞雞參加商台「天比高」計劃，受聘負責網頁推廣工作，三個月前，有機會主持一個周末三小時的音樂節目。「我成世人都是『順其自然』，沒試過這樣迫自己有表現，整個額頭都是暗瘡！」可是她呻完，又興致勃勃地說，可以在節目裡學韓文，增加親切感？還是嘗試寫歌舞劇，在日常生活裡插入新歌。

「好難好難，又要搵人錄，又要搵人做，又要搵人寫！三個小時的節目，我隨時要準備一星期，連網頁的工作，好像同樣打兩份工！」她重重地點頭：「可是就像織頸巾，織好每一針，頸巾就會好看！」

宋芝齡
遙距母愛

宋芝齡和媽媽一起生活的日子，幾乎是數得出來的。

媽媽是韓國人，公公是韓國華僑，開的餐廳很受美軍歡迎，頗有錢，爸爸去韓國做生意，就認識了媽媽，兩人在香港結婚，芝齡才出生，剛滿月，就去了韓國定居。

芝齡在韓國釜山住到五歲，回來香港唸小學。「那天媽媽帶我去香港，我很愕然：你是誰？要帶我去哪？」她把媽媽當「拐子佬」了！媽媽爸爸一直忙著做生意，是第一家把內地名牌龍口粉絲進口韓國，又買賣皮草和珠寶，芝齡是姨姨帶大的：「我一直以為姨姨，就是媽媽。」

五、六歲小孩獨個兒住在香港，爸爸在香港完全沒有親戚，就是姨姨不斷飛來香港照顧，偶爾住在學校老師家，每次考完試，馬上請假飛回韓國。媽媽相信香港教育比韓國好，芝齡最初很不習慣：「我一句中文也不懂得說，被同學欺侮。」一直到中學，她才可以比較長時間待在香港，不再兩地飛來飛去。

這樣獨個兒長大，沒有變壞，都是多得媽媽不停打電話來：「那時長途電話費很貴，可是媽媽整天都有電話，很嚴格，我跟誰在一起、在做什麼，都得告訴媽媽。」芝齡住銅鑼灣，連灣仔也不可以去，暑假更是一、兩個月都沒有出門，頂多就是下樓買麵包。

「看電視啊，吃零食啊，最喜歡就是『煲電話粥』，跟同學鬥誰最長氣！」芝齡說在電話裡，跟媽媽什麼都說：「我覺得呢，隔籬枱的男孩好像喜歡我……」兩母女沒有一起生活，卻能談心事，至到今天，仍然姐妹倆似的，衣服也交換穿。

「媽媽很疼我，可是兇起來也很厲害的。」芝齡說小時在韓國，有時見到大人沒打招呼，媽媽便會輕輕叫她過來，待她走到身邊，使力「搣」她手臂！

會當眾掌摑嗎？「不！媽媽從來不會打我的臉，她很小心我的臉，連跟小朋友玩太瘋，也會抓住我，怕我弄傷臉，太陽不能曬，皮膚一有小傷口，馬上塗藥。」她看看手腕上，前陣子剛好燙傷了：「如果媽媽看到，就會罵：你是女孩，怎麼弄得這樣醜！」

宋芝齡在一九九六年參選香港小姐，入圍頭二十名，那屆冠軍是李珊珊。「其實是貪得意！」她像很多藝人入行的故事：十七歲，跟同學一起鬧著玩報名，面試在黃埔，那還是她第一次去黃埔！什麼都很新鮮：女學生向來都穿平底鞋，第一次穿三吋半高跟鞋面試，還要扶著牆壁走；最深印象居然是好多東西吃。「那些女孩好喜歡吃cheesecake，我不明白：cheese 是芝士，cake 是蛋糕，芝士加蛋糕是什麼？簡直是『一嚿雲』！」

媽媽聽到她入圍，大吃一驚：「你什麼時候報名？」芝齡老實說了，央求去開眼界，媽媽同意，但爸爸氣得不理她。

「我沒想過可以得獎，可是也會想，怎麼自己比同齡女孩差那麼遠！」她剛好就排在李珊珊後面。十三號的李珊珊很會打扮，拍了雪糕廣告正好播放，風頭無兩；十四號的宋芝齡總是一身黑，塗著不適合的深色唇膏，頂著一頭亂髮。「剪髮那天，我真的哭了，大會髮型師不理我是天生髦，全部剪碎了，我從來都是齊整長髮，完全不懂得怎打理。」

落選是理所當然的，教人跌眼鏡的，是被選入藝員訓練班。

「她選港姐？有冇搞錯！」宋芝齡一進藝員訓練班，同學心裡就不爽，很久以後才有同學坦言：「你那時的死樣子也能入圍，我們怎麼沒進呢？」

宋芝齡剛好回韓國度假，回到香港，上課時穿大 T-Shirt、喇叭牛仔褲、拖鞋，全部都是東大門買的，自以為很好看，同學卻都嫌她老土。「我那時非常白癡，還是中學生的頭腦，大家吃飯帳單除開是 $26.2，我會掏出兩毛子，人家不要，還說：『是你不收啊。』然後別人欠了我五毛錢，過了兩天仍然開口追。」她說當時在訓練班上課，每月都有九千多塊薪水，比起中學時媽媽每天才給一百塊零用，突然多了一大截，開心得不得了。

畢業，第一部戲是電視劇《美味天王》的二線角色，還演過「花木蘭」，勢頭不錯，可是有次要客串一個角色，她竟然哭了。

那部戲的女主角是蔡少芬，宋芝齡要扮演蔡少芬的同學：臉上很大的一粒瘻，很醜，卻也嫁了，蔡少芬反而嫁不出。明明是很有喜感的角色，不是沒有發揮的，宋芝齡只顧不漂亮：「我好討厭臉上有瘻！媽媽從小就最緊張我的臉，不能弄花！」開拍時，她哭了，導演問怎麼了，她直說嫌造型醜。導演就說：「那你走吧。」

「好啊！」宋芝齡很開心便走了，蔡少芬登時呆住。

後來才知道大件事！整場戲取消，導演要寫報告，宋芝齡馬上淪為「歡樂小姐」類的閒角，連丫環也沒份，只能當圍觀的村姑。她之前拍攝、有角色的劇集正好播出，同組演員上綜藝節目，還分藍組綠組，大家見到她問：「你什麼組？」「我負責執波……」她只能說。

宋芝齡的媽媽雖然在韓國，可是每天都通電話。在電視台好幾年都是這樣淪落，芝齡哭著要辭職。媽媽不給：「哪裡跌倒就要那裡爬起來，不能這樣一走了之。」芝齡很聽媽媽話，於是強迫自己留下來。

有年選港姐，宋芝齡被派去當「歡樂小姐」遞后冠，她終於氣得豁出去，打電話跟公司說：「我好歹都是港姐出身！你是否要這樣示範：選港姐口號是達成夢想，然後不紅的就做歡樂小姐？」

「我怕被媽媽罵，還特地先告訴她，可是媽媽撐我。」芝齡最後不用出席這次活動。她開始希望有事業，和當時的男友開店賣韓國時裝，生意很好，還是拆檔，人財兩失，非常非常失落。

她想去加拿大唸書，但媽媽叫她回韓國，好好把韓文學好。

在韓國唸完兩年書，回到香港就正好遇上《大長金》，韓國熱潮突然襲港。機會再次來到，宋芝齡因為懂韓文，被選中訪問各大韓星，意外地轉型為主持人。

她當時已經廿七歲了，不再是十年前選港姐連 cheesecake 也沒聽過的小女生，終於懂得把握機會。這幾年並且乘著韓風，開韓文學校、韓式婚紗攝影公司，最近還幫媽媽在香港開韓國小食店。「我是獨生女，從小被寵得公主似的，可是媽媽其實很硬淨，做生意大起大跌都能撐過去，這影響了我。」她說婚紗生意投資很大，韓文學校的學生數目也不穩定，但都會盡力守住。

直到現在，她還沒給過媽媽家用。當年做藝人，靠媽媽寄錢接濟；去韓國唸書，是媽媽出錢，現在做生意，也是媽媽打本。宋芝齡有點不好意思：「昨天我媽媽打電話來，還開玩笑：『我的志願是好好孝順我的女兒，阿囡你滿意嗎?!』」

施熙瑜
打不斷離不開

翻看時裝設計師施熙瑜的自傳，好悽涼：媽媽煮一隻雞，最大份給婆婆，然後爸爸、兩個弟弟、大家姐和小妹妹，最後輪到熙瑜，只有雞頸。媽媽不在家，沒人做飯，爸爸把弟弟姐妹都帶上街飲茶到公園玩，剩下熙瑜在家餓肚子。

自傳裡描述家人如何偏心、狠狠的體罰，人生種種挫折幾乎都源於父母教育方法有問題，愛情失敗也因為父母灌輸了錯誤的婚姻觀念，並且刻意加插心理學的資料、基督教金句等等。

不禁問：「父母看了你的自傳嗎？」

施熙瑜瞪大眼睛：「媽媽不想看這本書的，每次記者訪問我談成長經歷，她都不想看，好討厭我對外說家事，還跟別人說我撒謊。」她堅持寫下來，是覺得別人可以從錯誤示範，看到對孩子的壞影響。

這樣白紙黑字，不難想像老人家的難堪。令人費解是，關係不好卻離不開，施熙瑜成年後仍然被爸爸體罰，四十七歲了還一直住在家裡。

「爸爸這兩年中風不能溝通，才停下來，我四十出頭他仍然會打我的頭，沒力氣了還不斷地罵。」她說。

可是，為何讓他打？

「我試過還手，他跌倒，媽媽就叫我站著讓他打好了。」她理所當然地解釋：「爸爸年過四十歲才有孩子，姐姐是大女兒，當然疼，兩個弟弟是兒子，更疼，妹妹最小，也得寵。而且他們全部都是醫生、建築師、會計師，爸爸一直對我特別差，以為打會有用。」

爸爸的說法呢？

「不帶我去街的事，我有問過爸爸，他說不記得了。所有我覺得他對我不好的，他都不記得。」施熙瑜說很奇怪，連其他姐弟的記憶也跟她不太一樣。好像有次爸爸帶去食西餐，可是發脾氣走了，氣氛好差，可是姐姐說起來，卻是：「那次爸爸帶我們去食西餐，好開心！」童年相片裡，姐姐總是笑嘻嘻，施熙瑜永遠苦著臉。

性格不同，成就不一，施熙瑜曾經是成功的晚裝設計師，近年改用有機物料設計一衣多穿的「環保衫」，又兼教時裝設計課程。可是這些在爸媽眼中，都不算什麼，爸爸愈是希望「打醒她」，媽媽想「罵醒她」，她愈是執意渴望家人認同。例如選美，家人一萬個不同意，她仍然一次又一次報名，去年媽媽終於不再反對她參選亞洲小姐。

施熙瑜非常堅持，無論任何成就，都比不上父母認同：「那是最親的媽媽嗎，所有創作都會過去，拿幾多獎都帶不走，都大不過親情。」所以她最近很開心，以前總是到夜深才回家，減少和父母見面，現在開始和媽媽不是見面就吵，可以一起吃晚飯。她改吃有機菜和糙米飯後，唯有媽媽會和她一起吃。

「其實媽媽不算偏心。」她尤其感謝當年媽媽開口，讓爸爸供她去英國唸書，只是後來又加一句：「媽媽會煮弟弟喜歡的菜，可是從來不記得我愛吃什麼。」

程翠雲
當爸爸打我時

著名的家庭治療輔導專家程翠雲，說起童年，傷痕纍纍。

爸爸酗酒，幾乎由早上起床，到晚上在街邊開熟食檔，都是喝得醉醺醺，看見程翠雲，隨手拿起什麼便打！「爸爸會企定，拿著比我高的藤條打，我不能避也不能哭，只能當眾受虐，甚至到了中學，還會被罰當街跪著。」她今天提起，仍然一臉不忿。

家裡原本沒打算讓她唸中學，但她努力考上，晚上還幫家裡開檔。一晚，爸爸在弄火水爐，弄不來，她上前幫忙，也許是老羞成怒，爸爸推開她，拿起炒菜的大圓鐵湯勺，兜頭打過去！「鼻骨都可能碎了，整張臉都是血，我第一次離家出走，走去鄰居家。」她說：「小時被打，只懂得害怕，不曉得自己做錯什麼。可是那時已經長大，而且那次我很清楚沒有做錯，就非常非常憤怒。」

是媽媽找到她，帶她回家，從此爸爸減少動手。

然而也是媽媽，令她更加怨恨。

「我嬲媽媽沒有保護我。如果爸爸打的是弟弟，她會跳出來和爸爸死過，媽媽偏心。妹妹也比較少捱打，除了年紀比較小，也因為長得可愛，媽媽一直拿我跟妹妹比較，說我長得醜。」程翠雲的語調好沉重：「爸爸對我的身體虐待，但他不喝酒時很看重我，對我說：『你辦事，我放心！』媽媽卻是清醒地對我精神虐待。」

唯有讀書，可以逃到一個安全的世界。程翠雲自小愛看書，爸爸曾經當軍人，不時對她談國民黨和共產黨的故事，程翠雲小學三年級第一次儲錢可以買書，便是厚厚一本中國近代史圖片集，中文，中國歷史，都是她的強項。

爸爸身體很快壞得無法工作，媽媽撐起家計，程翠雲一邊幫人補習、一邊賺學費，甚至還能拿點錢回家。中五畢業，報紙刊登嚴重弱智的院舍請人，程翠雲看見「需留宿」馬上應聘：「做什麼都好，只要可以搬走！」沒想到，就這樣意外加入了社會福利界。

一九九五年程翠雲創辦TeenAIDS，是香港甚至海外少有以年青人為對象的輔導機構，多年來不斷推動青少年性教育，預防愛滋病；又開設輔導中心，擔任性治療及家庭治療總監，輔導治療大量家庭；並且正在攻讀博士課程。

如何把家庭帶來的創傷，轉化成力量？「我用了很長很長時間去摸索，鼓起勇氣把傷痛挖出來，誠實面對。」程翠雲坦言過程漫長，跌跌撞撞，九十年代初試過自殺，也試過不停喝酒：「要像爸爸一樣酗酒？不要！那就要制止自己。清楚什麼不要，就清楚自己要什麼。」她不要再捱打，不要婚姻像父母一樣沒有「質素」，九五年程翠雲結婚，丈夫很疼她，多年來出錢支持 TeenAIDS，結婚十七年了，仍然如戀愛時接放工，拖手去街。

生下女兒，是很大的「補償」，以前得不到親密母女關係，現在有了。當上媽媽，也令她比較體諒父母。「爺爺娶了四個太太生了十多個孩子，可是只有我爸爸一個兒子，非常寵愛，小時家裡的米舖三層樓高，然而走難什麼都沒有了，我爸爸一定很難過。雖然爸爸沒有打媽媽，但對她也不好，而且賺到錢隨便借給兄弟，媽媽也很艱難。」嘗試穿上對方的鞋子，嘗試感受，怨恨慢慢慢慢地放下。她記起讀大學時，開書店和補習社賺生計，媽媽突然拿湯來。她正在忙，媽媽堅持要立即喝，她氣得叫媽媽離開不要在她的地方鬧。媽媽哭著打電話給弟弟：「你家姐趕我走！」

「這些年媽媽對我不好，但我何嘗又對她很好？」程翠雲說以往的家庭活動，弟妹都不會通知她，亦是程翠雲生下女兒，家人才多了來往。

二零零七年底爸爸過世，程翠雲完全哭不出來，情緒太複雜，直至幾個月後四川大地震才狠狠地放聲大哭。爸爸不在，她也開始每天打電話，問候母親。

瑪露迪
公主的矜貴

瑪露迪的大學畢業作品，有四幅畫：頭三幅都是患有精神病的外國著名歌手，最後自殺死了，第四幅是她的父母：「我爸媽都有精神病，很想大家關注這個城市的精神問題，如果身邊有人陪著，也許就不會走上自殺這條路。」

也是這份功課，令她認真地找更多精神病的資料，知道爸媽患的是精神分裂。「我大約三歲，就知道家裡很怪……突然不能開電視……要很靜很靜。」她輕輕說。怎樣怪呢？她猶豫：「如果他們有吃藥，是正常的，只是不吃藥就會有反應……通常有一段長時間都正常……」

她很快便主動提起童年最快樂，是小學二年級的除夕夜：在電視見到好多燈飾，吵著要去看，媽媽做完晚飯洗完碗已經很晚了，瑪露迪仍然不肯去睡，媽媽於是帶她出門。九點多，兩母女由粉嶺特地去尖沙咀，媽媽很辛苦擠進一間連鎖快餐店，買了瑪露迪平日愛吃的魚柳包。

「不是吃了晚飯嗎？」瑪露迪很愕然。

「吃了，都可以再吃。」媽媽居然說：「山長水遠來到，不光顧這間店不好的。」瑪露迪很開心，除了看到燈飾，媽媽後來還買甜筒雪糕，過了除夕才回家。

但升上小學三年級，她開始聽得明白鄰居的閒言閒語，在學校也不斷被同學欺凌：工作紙不傳給她、踢她的書包、扯她的頭髮。有次她放學途中回家，被同學欺侮，好不容易才能脫身。她站在家外的樓梯，拍拍身上的灰塵，整理好衣服才回家，媽媽已經站在門口：「為什麼你被人欺負，不告訴我？」媽媽站在窗前，看到樓下整個過程。

瑪露迪躲進棉被大哭，什麼都不說。

功課很差，升中被派到第三十二個志願的學校，要跨區上學，瑪露迪反而很開心：終於一個同校同學也沒有，一切都是新開始。

生活變得獨立，盡量擺脫家人影響，她的成績一直不好，最開心就是做壁報，幾乎一手包辦全級所有課室的壁報設計。人人準備會考，她大展身手的場地卻是一塊塊壁報板，貼上珠片、掛上裝飾，愈是閃亮，愈顯得那張成績表蒼白。

不能升學，沒有學歷，沒有好工作……如同很多年青人，瑪露迪也有近兩年時間被卡在「雙失」（失業失學）的標籤裡，然而她堅持畫畫，有段時間進到社區中心當活動助理，每天由粉嶺到灣仔上班，途中不斷畫畫，二零零三年結集成書：《我不是雙失》。

書裡的畫，五顏六色但帶著不安，人物輕飄飄的。「那時年紀小，小小的事情也會不開心。」瑪露迪說：「可是成長每一步都有學到新功課。我現在比較能肯定自己，不那樣依賴別人認同。」

她自己儲錢，考入中文大學讀藝術，曾經窮到兩袋方包吃足一個月，畢業後曾經全職從事網頁排版，後來還是辭去工作，嘗試設計時裝在網上寄賣。衣服布料都是深水埗的布頭布尾，二、三十元便有一大塊布，不用畫圖，也不用畫紙樣，拿著剪刀，就剪出心裡想要的樣子，每一條裙，都只會做一條。她並且在報紙寫時裝專欄，教讀者如何把破了的絲襪，改造成時興的短絲褲；買一段闊絲帶，一個普通頭箍，變成流行的大蝴蝶結頭飾。

瑪露迪依然和家人住在狹小的公屋單位，四周都是雜物衣服，中間勉強放了一個畫架子，旁邊還有一幅幅油畫，近十年過去，色彩依舊繽紛，但筆下的自畫像有了笑容，眼睛裡加上瞳孔，目光堅定。

「總之，我長大了，父母不是我生活的焦點。」她更願意談信仰、談創作。她的時裝品牌叫 Princess of Melody，瑪露迪是「公主」，社會可以把她貼上標籤，由昔日的「雙失青年」，到今日無樓無車無交稅無福利的「N無人士」，但她不需要身份也能有自己，「公主」自有一份矜貴。

「每個人都可以活得不一樣，我現在活得很好。」她笑得很燦爛。

素食青年讓家裡放心

親戚不時會打電話來：「阿妹還是吃素嗎？身體那麼差便不要吃啦。」「她中意嘛，去台灣開始習慣吃素，她之前也不是吃很多肉。」媽媽一直解釋。聽了不禁對 Sandy 說：「媽媽很疼你啊，三個理由都是站在你那邊的。」「是嗎？咦，我沒想過呢。」Sandy 有點意外。

Sandy 一年前從台灣回來，當時非常沮喪：在異地的「自我肯定」，在香港變成「一文不值」。她在長春社工作了快三年，主要推動埕原種米，農耕好有趣，於是辭工一個人去台灣三個月在各地農場打工換宿，開始吃素、去佛光山短期出家，自覺整個人的想法都不一樣了。可是媽媽和身邊朋友卻不斷質疑：吃素？沒有營養吧！去耕田？成個鄉下妹咁！更實際的問題，問不完：回來後有什麼計劃？開始找工作了嗎？香港有農場咩？

Sandy很苦惱：「在台灣遇到的人有目標，只需要一個理由就會找方法去做。可是香港的人會找一千個理由說服你不好去做。太多顧慮了。」

她堅持，回港第一擊是去街市賣龍眼。她一直光顧樓下的水果檔，跟老闆提起在台灣做了三個月義工，順勢便說：「我也可以幫你做義工啊！」於是就做了一個半小時義工，換來的知識包括：叫賣的技巧、懂用市場的磅，再得到老闆送出一梳香蕉、四個水蜜桃、一罐飲品！

之後，她陸陸續續到不同的社會企業做義工，包括向街坊提供平價生活必需品的「麥穗館」、大埔「用德唔好嘥」街坊擺賣的二手墟；一度加入「區區肥皂」工作，未久又辭工幫一個印度瑜珈大師做助手，現在當上保育中心兼職的教育助理，一周工作一天。

以前Sandy在長春社工作，媽媽不時嘮叨：「去漁護署工作好過啦，到底是政府工。」現在反而沒再說什麼。原因一，媽媽寧願女兒養好身體。

「我發現頸椎有點事。」Sandy說：「加上一下子變全素，蛋和奶都盡量不吃，身體還沒適應，又跟著印度大師斷食，身體有點變差了。」健康大過天，Sandy還有哥哥在工作，家裡不用太憂心經濟，媽媽也就不介意女兒沒打長工。

原因二，是女兒主動改變態度。

剛回香港，Sandy 著急地不斷說要家人吃素，現在比較為人設想。「媽媽好喜歡吃芝士和雞蛋，可是肝不太好，我會找資料，解釋這些動物蛋白質對身體不好，媽媽聽了，真的少吃了。」

Sandy 在香港接觸更多素食青年，才發現自己身在福中，有些媽媽堅持不煮素食，勉強孩子吃肉，又有偷偷混進肉類：「原來我媽媽沒有反對，已經是支持！」她也在同輩中學到技巧：家人一起上館子，別要求去素食館，因為不好吃，家人會抱怨，寧可等到家人好奇，主動提出才一起去。

幾個星期前，Sandy 和家人便一起上素食館，媽媽吃得很滿意，爸爸說了一句：原來吃素都飽肚。

最後，也許最重要的是原因三：Sandy 交到一位非常好的男朋友，吃素，可是大大隻，好壯健，媽媽登時放心了。

「她男朋友也吃素，沒有對身體不好啊。」媽媽都這樣跟親戚說。

陶陶
蝴蝶有毒嗎？

十歲的陶陶相當本事：小學一年級已經能夠切菜炒菜，第一次做飯煮的是翠玉瓜炒雞柳、番茄炒蛋，現在煮整頓飯給爸爸媽媽吃，一點也難不倒她。她還懂得發芽菜：「要記得換水，朝早一次，晚上一次，夏天可能要多換一次水。」她淡定地說最好味是苜蓿芽，可以夾麵包，做沙律、壽司。

陶陶並且會焗曲奇餅送給同學吃，學期結束，她親手做唇膏送給老師和校長。九月天氣還沒冷，她開始編織頸巾，身邊的親戚朋友只要說喜歡，陶陶就會送上一條。

如此多才多藝，因為媽媽陳佩貞是綠田園第一代導師，九十年代初已經是香港首批的假日農夫，並且到台灣學做肥皂、設計種子盆栽、參觀手工釀醋農場……近年不斷在社區中心和學校開辦綠色工作坊，尤其推廣環保酵素。

陶陶從小跟著媽媽上工作坊，甚至還在肚子裡，已經種田。「啊，我生她之前一天，還在開田！」阿貞笑得開心。

陶陶卻有點提不起勁。

懂得這麼多，陶陶卻覺得沒什麼：「同學都不會問，沒機會說出來，我懂的，無人知，又發表不出來。」

「『發芽菜？我識食就得啦！』同學會這樣說。」陶陶托著頭說。

訪問時最神氣一刻，是談起同學見到昆蟲。「同學見到蜜蜂會尖叫，見到蝴蝶問：『有無毒㗎？』」她會很權威地告訴大家：「你不去碰牠，牠不來搞你的。」

可是最近陶陶開始不想跟著媽媽去耕田、開工作坊，露營、行山等戶外活動，也沒有小時般喜歡。她突然不再喜歡曬太陽，也比小時更討厭蚊子。

「我大個想唱歌，當歌星。」陶陶說：「我覺得這樣『好勁』，我識唱，人家聽了也會很開心。」

這頗令人意外，還以為這樣綠色地長大的孩子，志願可能會比較親近大自然。陶陶為了做歌星的夢想，希望減肥，很愛吃的甜品和肉類，都要忍口。

媽媽阿貞卻很輕鬆：「陶陶唱歌，很好聽的。」她說有次聽到一首歌，覺得很好聽，卻不知道是誰唱的，才三歲的陶陶居然答：「容祖兒囉。」阿貞完全摸不著頭腦女兒從哪裡知道。

小孩志願常改變，但陶陶五年來都想當歌星，日唱夜唱，音樂課更拿到一百分。阿貞曾經送過陶陶去兒童合唱團，陶陶卻不喜歡團員不專心：「其他小朋友都不是來學唱歌的。」

一些家長也許會更緊張地為孩子找私人老師、學樂器，但阿貞覺得更重要，是讓陶陶能夠獨立。剛進幼稚園，阿貞就說：「媽媽不懂，你一定要聽書，不明白就要問老師，不然家裡沒人能幫你。」陶陶聽了緊張地點頭，不需要媽媽提醒也做好功課，小學年年都是全班頭三名。陶陶自小跟著阿貞「開工」，媽媽說：「悶是沒有人能幫你的，你一定要想辦法。」陶陶一、兩小時也是自己靜靜地等，看書，發白日夢。

對於陶陶最近不喜歡跟著四處走，阿貞很明白：「陶陶開始『長大』。」阿貞說起自己小時住在海邊的流浮山，也曾嫌悶，終於到城市工作，卻非常懷念昔日鄉間生活：「原來那才是我想要的東西。」

阿貞希望訓練女兒解難的能力，無論這世界如何轉變，都要能夠想辦法，解除「痛苦」。開心的環境，能夠享受；艱難的環境，想辦法解決，不能解決的可否平衡一點去想？例如跌倒，好痛，很難讓傷口不痛，可是傷口會好的，不會永遠地痛啊。

阿貞希望陶陶有這樣的能力，面對未來。

張虹
不再扮靚

張虹是香港少數全職獨立製作紀錄片的導演，可以三個月像蒼蠅一樣貼在牆上，不動聲色地拍攝中學生活；又會在遊行人潮中潛伏游走，收集點點滴滴示威百態，製作出來的紀錄片，沒有旁白、沒有配樂、有時連訪問也無，盡量把事件「原汁原味」呈現，讓觀眾自有結論。

猶記得第一次訪問，她剛開始有作品公開播放，衣著素淨骨子，短貼頭髮顯然由髮型師設計。三年後再訪，竟然已頭髮斑白鬆散如失修草地，眉頭緊皺，臉青青。怎麼這樣殘？當時她一聽，幾乎咬牙切齒：「我，到三十七歲還是穿黑皮短裙、魚網絲襪！」

張媽媽做製衣廠，又是上海人好面子，最喜歡把三個女兒裝扮得漂漂亮亮，小女兒張虹最臭美，最討媽媽歡心，一看到雜誌什麼新款童裝，就會親手造給張虹穿。試過一次，她穿著粉紅紗裙招搖地走過自家公屋走廊，忽然鄰家一盆冷水照頭淋！那家的小孩，從沒新衣穿。

張虹後來在加拿大讀電影和籌辦中國電影展，更是死硬嬉皮打扮，誓必要靚要搶鏡。「我有一條大紅圓桌緞裙，是去奧斯卡電影頒獎禮穿的——雖然至今我仍未有機會；又有一件毛毛大衣，好兇得人！九四年我回香港聽音樂會，一身大花裙，招來同行朋友訓話：就快四十歲，不要這樣嚇人！」

每周追時裝雜誌、日日逛時裝店、每次出街成堆衣服堆在床上襯，好不容易配好選好，未出門已覺不滿重頭再換……一天平均五、六個小時花在扮靚！回港後在電影公司做過場記，又到銀行當財經翻譯員，「盡責」地換上大量細緻剪裁的黑西裝、白襯衫、連身裙。

二零零二年四十四歲，開始全情投入拍紀錄片，那一年，全年沒買過一件衣服。「我現在睇人，不再被人睇！」她說。攝影機啟動，面對如此浩瀚的創作世界，毫不留戀地放棄自身軀體的小舞台。

她拍出連連得獎的《平安米》、《中學》、《搬屋》。最初幾年，香港所有大型事件都會看到她的身影：WTO會議、七一遊行、選舉……拚命拍了大量片段，然而卻沒資源完成後期製作。迫得開口向朋友借錢，債務拖了好久也還不清，身體更是撐不下去。

像《選舉》，二零零四年拍下、四年後才勉強剪出九十分鐘的版本公映，但直到八年後，才終於剪成比較滿意的一百三十分鐘長片，以DVD發行。

這一切，看在媽媽眼中，都是心痛。張虹唸書時不用媽媽擔心，大學畢業第一年教書、第二年當上公務員，都是讓媽媽放心的工作，還以為，接著當然是結婚生子。沒有。

飛去加拿大唸書，就撞進電影的世界，離開媽媽好遠。「我也沒想過會走上這條路，一直以為和別人一樣，循規蹈矩結婚生子，誰知到了三十歲，不是這樣，四十歲仍然不是。我也很意外。」張虹說得很坦白。

媽媽七十多歲了，不忍女兒身體愈來愈差，天天中午都買菜，上女兒的紀錄片工作室做飯，一年兩年，直到媽媽的腿愈來愈不靈光。期間張虹也看醫生、嚴格地戒口吃藥、早睡早起，用了幾年時間健康才終於好轉。

這次接受訪問的張虹，穿著鮮黃的鬆身民族上衣、棕色闊寬布褲，臉色不錯。「我現在和媽媽一起練太極，媽媽的腿也好多了。」張虹住在長洲，居然每星期一和三都去媽媽在將軍澳的家，帶她學太極，晚上特意留宿，第二天早上再跟媽媽練習。一星期四天見媽媽，能抽出時間？

「媽媽病了，我更沒時間！」她想也不用想便回答。

張虹仍然八卦，什麼都想拍下來，由內地學校到香港政壇，只是腳步放慢了。手上正在剪片的，是《愛情》。

吳文正
南洋淚

攝影記者吳文正到舅父家拜年，舅父拿出一大盤煎堆，大家都好高興，文正咬了一口煎堆，突然停下，眼睛紅了。

想起小時每一年都會和阿嫲、媽媽一齊做煎堆、一齊吃，那是家裡少數婆媳不吵架的時間。

吳家來自福建晉江，彷彿一條「寡婦村」，村裡男人紛紛去南洋討生活，文正的太爺在清朝末年已經被「賣豬仔」去菲律賓。人離鄉賤，大海茫茫吉凶難知，男人一般都會先娶妻，生子留後才動身，能夠在異地混得下去，便把兒子接過去幫忙，而孫子，又跟著媳婦留在鄉下。村裡女人便是這般，獨自撐著一頭家，把孩子帶大，再目送離開。

丈夫在異地，往往已經有另一頭家，容不下元配。「他一個人在外地，有人照顧也是好的。」女人只能默默包容。

多少同鄉客死異鄉，文正的太爺很本事，最初賣花生、雜貨，然後開百貨公司，到了爺爺和爸爸，吳家在菲律賓做地產、開餐廳、經營娛樂場所，頗有錢。「阿爺很早便有另一頭家，他說日本仔打到菲律賓，被拉去做礦工，幾乎死掉，好在可以逃到當地土著的村子，所以便娶了一位土著女人。」文正笑著說：「我小時候好信阿爺，見到『番鬼阿嫲』都很感激她，可是現在回想，可能是藉口呢！」

阿嫲隻眼開隻眼閉，自然也不會去菲律賓，五、六十年代帶著文正的爸爸來到香港，阿爺買了一層唐樓，年年寄少少生活費。

文正才一歲，爸爸已經去了菲律賓。

平日家裡只有阿嫲和媽媽，一到星期日媽媽就帶去北角公公家，公公和舅父會教好多「男人道理」：做男人，就要點點點！做仔的，要點點點！

文正有時覺得悶，自己去維多利亞公園玩：「那時的人好好！見我十歲八歲一個『靚仔』，都會叫我一起玩，一起打羽毛球等等。我看見別人有阿爸阿媽，好羨慕，尤其看到爸爸幫阿仔抹汗，特別心酸，最難過是玩完了，一家人離開，我卻自己一個人，由玩得好開心的高潮，跌下來，非常失落。」

「阿媽，點解我無爸爸？」文正問。

「爸爸要搵食！」媽媽總是答。

但其實爸爸一分錢都沒有寄過。「我爸爸比較『衰格』！」文正說爸爸當年花天酒地常去片場玩，剛好認識了某位大明星的媽媽，常常一起打麻將，那星媽便介紹親戚的女兒，亦即是文正的媽媽。「媽媽是九兄弟姐妹的大家姐，爸爸卻是『二世祖』，性格是兩個極端，兩人感情很快變差。」他說父親去菲律賓，完全是一走了之。

文正六、七歲第一次去菲律賓探爸爸，要和媽媽住在旅館。「很像《阿飛正傳》，不過張國榮找媽媽，我找爸爸。爸爸早已有另外的家庭，我們住的旅館，好簡陋，就像劉德華住的那一間！」在菲律賓一個月，一半時間見不到爸爸，因為他好多夜生活。隔一年暑假，又再去一個月，隔年，又一個月，如此這般，文正這輩子只見過爸爸五趟。

媽媽在香港沒停過工作，在製衣廠做女工、下班照顧老少，很辛苦，還要受阿嫲氣。「現在是我老公賺錢返來養你們！」阿嫲有時說話好難聽，但家裡尊卑分明，媽媽不會駁嘴，只是夜裡偷偷哭。

「阿媽，我大個會養你的！」十一歲的文正，安慰媽媽。

直等到文正唸完理大設計系，當上攝影記者，媽媽的擔子才可以放下來。媽媽有時間煲湯煮飯，文正卻沒時間回家吃。「快些回來吃飯！」媽媽操著閩南話，在電話裡說，聽到的答案卻往往是：「好忙，唔返來啦！」

好不容易再等到文正結婚生子，媽媽終於抱孫，卻又發現患上腸癌，一年便去了。「我完全想不到，媽媽平時很硬朗！很少病痛，一有事，卻出事。」文正非常遺憾，沒讓媽媽過更多好日子。

嚐到失去，才懂得珍惜。文正如今創辦的「文化葫蘆」不斷在油麻地、荃灣等舊區辦展覽。他拍攝的老店，人們相當有型，對著自家地方一臉驕傲。「我拍這些街坊老店，不是為了懷舊，而是希望透過相片，表達當中的情感。」

有別一般攝影師，文正會花大量時間和街坊親近，例如這一幅《鏡明玻璃》，是香港本土紀實攝影作品首次在蘇富比拍賣。他每一年都會替這畫框店拍攝一張全家福。店裡的主角陳婆婆，今年已經九十歲，文正問婆婆：「你怎麼愈來愈靚？整天都這樣開心？」

「整整齊齊一家人，食得落瞓得著，就開心囉。」婆婆笑嘻嘻地答。

有時遇上陳婆婆一家人開飯，文正會老實不客氣地一起吃。「這樣全家人吃飯，真的好懷念！」他不禁說：「當你還可以回家和媽媽吃飯，一定要珍惜。」

朱慧敏
死亡那麼近

朱慧敏清清楚楚記得，那死亡的一幕。

她由出世第一天，便和婆婆住。兩歲時父母離婚，連喊爸爸、媽媽也覺得別扭，自覺無父無母，身邊只有婆婆。

十六歲，婆婆乳癌病重，她什麼方法都去試：向天主祈禱，去黃大仙求籤……婆婆已經進了深切治療部好幾天，那天同學、同學的婆婆帶她去黃大仙拜神，到了醫院還在樓下食堂吃飯，等到五點探病時間開始。

升降機打開，卻看到所有親人都在哭，媽媽走來拉住她的手：「看看婆婆，婆婆不在了。」

她呆呆望著媽媽，心想：不是的，這不是真的。

那條走廊不是很長，可是感覺是世界上最長的，她一個人走進病房，婆婆渾身依然插著喉管，機器顯示屏依然有條線上上落落。她哭，摸摸婆婆的手，還是暖的，用指頭輕力戳婆婆的臉，不禁親親婆婆的臉：「你快快醒啦，你是騙我的吧。」

直至護士走過來：「不好意思，我們要拔喉。」

護士把婆婆推走，那一刻，身後好多家人，可是表弟表妹身邊都有家人，她媽，身邊有後父；爸爸，身邊有後母。

「我只得一個人，不斷哭、不斷哭，幾乎哭昏了，好在醫院的窗門打不開，否則我已經跳樓死了。」朱慧敏說，那是她一生人到今日為止，最深刻的一幕：「做戲都做不回來！」

婆婆不在，終於開始跟媽媽一起住，天天大吵。

「我們什麼都吵。小朋友都是這樣啦，放學回來，婆婆叫我快一點換校服，得啦得啦就攤在沙發看電視，婆婆會說：『費事睬你，成日都咁樣。』『得啦得啦。』婆婆去廚房，我繼續看電視，各有各做自己的東西。同一意思由媽媽說，就不一樣：『你為何這樣不整齊？你是女孩子嗎？』我氣得大吵。」

兩母女自小沒有相處，到青春期才夾硬住在一起，難免有磨擦。朱慧敏說當時完全接受不了媽媽的想法。

「不要太易相信人，就算朋友也要小心。」「學打網球、Golf、社交舞啦，以後做生意會有用。」「書什麼時候都有得讀，趁青春試試吧。」媽媽甚至鼓勵女兒輟學，當時朱慧敏偶然會做模特兒，遇到國際大公司想簽她當歌星。

朱慧敏由婆婆帶大，唸名校，頂多放學在學校演話劇，從不去夜街，根本不敢入娛樂圈，聽到媽媽的話，額外刺耳：「有無搞錯，哪有媽媽叫女兒不讀書！」

「她想說的，我聽不明白，我說我的看法，她又說：『你太細不明白，商業社會不是這樣簡單的。』『為何這樣計算？這樣勢利？為何不相信人？』我好氣，兩母女，不斷吵吵吵。」

朱慧敏要去英國唸大學，媽媽卻要她去美國：「你太乖、太純、太易信人，去美國讀書，學壞一點。」

大學畢業回來，剛開始踏入社會，媽媽乳癌死了，才四十八歲。

婆婆乳癌，媽媽乳癌，連姨姨也是四十八歲乳癌過身，朱慧敏坦言有心理準備自己也有機會，甚至想過提早割掉乳房。可是死亡再近，她更害怕遺傳到的，是命運：「媽媽其實是很簡單的女人，可是一直跌得好傷。」

這本書訪問過很多女兒，不很多像她能這樣仔細地談媽媽的經歷：「媽媽很漂亮，小鳥依人那種，說話很嬌嗲，本來是幼稚園教師，嫁給我爸爸才開始學做生意，二十三歲生下我，兩年便離婚，她能怎樣？唯有落力做生意，我小時物質生活好好，芭比娃娃多到都不想玩，衣服都在最貴的洋服店買。她一見我，就叫我『珠寶』。我小時一直怨她沒陪我，其實她有，她織給我的毛衣，好靚，街上從來沒看到一件有我媽媽織得靚！」

媽媽做食物生意，把罐頭露筍、蘑菇、漬菜……由內地賣去歐洲和香港，一個女人不斷跑去內地的菜田或罐頭廠，八十年代試過找不到旅館要在火車站睡覺、大風雪沿著路軌走路。朱慧敏在媽媽的遺物中，找到一封信，看日期，那年她八歲。

信裡說：「媽咪現在在天津，外面好大風雪，媽咪一個人在酒店，如果是以前我一定好害怕，不敢自己住，可是媽媽想起你，想起你的笑，就一定要支持下去。」

最後在醫院，有人對媽媽說：「可能你的女兒『克』你。」「癡線！就是因為這個女兒我才撐到今天，不然早死了。」媽媽答。

朱慧敏一直說，眼睛紅了，又繼續，淚水幾次湧上來，卻不讓流出。她還特地看心理學的書，更明白青春期時，媽媽對她的叮嚀。如果媽媽在身邊，也許入行時不會那麼多是非？她搖搖頭：「如果媽媽在，可能還是跟她吵，她太寵我。」

二零零四年朱慧敏一畢業便參選香港小姐，卻不知道媽媽已經到了癌症末期。

「她不想影響我，什麼都不說，有次姨姨忍不住嗚咽，我才知道不妥，這邊姨姨問一句、舅父那邊問一句，才拼出整件事。」她說來，帶點委屈：「那時參選港姐要去肯雅拍旅遊特輯，在機場，媽媽哭，我也哭，一去十多天，突然惡化怎麼辦？可是其他人不知道，都以為我是『博宣傳』。」

朱慧敏選上了亞軍。港姐活動很多，工作完了妝還沒卸便趕去醫院，然後回家梳洗，上街買菜煲了湯再帶去醫院。才幾個月，媽媽便走了。

「我沒有見到她最後一面，去了馬爾代夫做旅遊特輯，總不能影響工作。」她很平靜地說，有別婆婆去世時在醫院呼天搶地大哭，媽媽去世她選擇了不在場，只是，後來全港都知道她鬧出滿城風雨的「車震事件」。

馬上被公司雪藏。

很長一段時間，飾演的都是情婦、奸角……幸好近年努力，漸漸受肯定。

朱慧敏最近不斷想起媽媽：「像我今年三十一歲，媽媽在我這個年紀，已經有七歲的我，她是怎樣過的呢？我現在連自己都沒顧好，她當年還能帶我去美國迪士尼玩，甚至帶表妹讓我有伴。我的遺憾，就是一天都沒有孝順她。」

藍奕邦
一起去阿拉斯加

藍奕邦剛寫了一首歌《一起去阿拉斯加》。

媽媽身體內的癌細胞一直擴散，病重，在家看相片。她不久前還健健康康地和爸爸去阿拉斯加，那刻一邊翻看相片，一邊說：「阿仔，阿拉斯加真的好漂亮，很值得和親愛的人一起去，如果我可以好起來，一定會和你去一次。」

阿拉斯加不可以和一般「豬朋狗友」去的，冰天雪地，旅程又凍又餓長途跋涉，可是風景那樣震撼，身邊要能夠分享的人。「媽媽好返和你去，但萬一去不了，希望你可以找到好親愛的人一起去。」媽媽說。

媽媽過身四年，電台終於播出藍奕邦作曲填詞兼主唱的《一起去阿拉斯加》。「我不再視媽媽離開，是一個傷口，或者遺憾，現在化為祝福了。」他說。

藍奕邦的父親被稱為「性玩具大王」，出品遍及全球。藍奕邦小時候，父母的事業剛起步，家住公屋，他放學會去工廠做功課，記憶中的媽媽樣貌娟好，卻穿著最舊的汗衣，戴著長手套，拿著工具在一桶桶膠桶原料中走來走去。媽媽每天一早把食物放進電子瓦罉，開工忙忙忙，晚上仍然有飯開。「我最喜歡喝媽媽煲的魚湯，一條魚煎香了，再熬出一窩奶白的湯，放白菜仔，或者木瓜。她也會炆排骨、炆枝竹，都好好味。」他說。

小學五年級，全家可以移民加拿大，爸爸媽媽當「太空人」兩地來回，是婆婆留在加拿大照顧藍奕邦。在異地，被外國同學欺負，中四回流香港，又被同學當作外國人，大學到美國首都華盛頓的喬治城大學修讀政治，又以交換生去到日本東京早稻田大學……「由十歲移民一直到唸完書，我都比較孤僻，沒有固定的地方，沒有固定的朋友，獨來獨往，唯有音樂一直在身邊。」他五歲學鋼琴，中學時夾band學結他，參加過三次新秀歌唱大賽，初賽都不入圍。

但他沒有放棄。九十年代末期流行自己創作音樂放上網，藍奕邦作的歌，往往是下載榜的榜首。二千年他不斷在藝穗會的小酒吧中自彈自唱，開始有機會加入幕後工作，二十三歲為張學友作曲的《樓上來的聲音》大紅，二十五歲，已經是劉德華的音樂監製。二零零四年，藍奕邦正式簽約成為歌手，出版第一隻大碟率直地叫《不要人見人愛》。然而歌手的路，遠不及幕後創作順利，唱片成績不錯，公司高層卻不看好，甚至因為不肯續約，被雪藏一年。

那是二零零七年，媽媽證實患癌。

「媽媽和爸爸天天一起上班，做什麼都是一起的，可是媽媽發現胃部有腫瘤卻一聲不響。她一個月前已經訂好做手術的時間，臨開刀幾天才告訴爸爸，那時主診醫生才知道藍太是有丈夫的。爸爸在手術之前一晚打電話給我：『明天媽媽做手術，你來醫院吧。』媽媽生病，爸爸嚇一跳，我更不懂反應，媽媽住院，爸爸都在醫院過夜陪她。」

胃癌切掉，幾個月後擴散到腸膜，已經是癌症末期。「媽媽想放棄，爸爸和我不斷勸她看中醫，有一次我帶她看氣功師，那唐樓沒有電梯，我揹著她走樓梯，媽媽好瘦，好弱。」

沒有工作，天天陪著媽媽，這才真正長大，以前少年不識愁滋味，小小事卻總是傷春悲秋，看著媽媽病在床上，更不敢再無病呻吟。要續約，還是加入新公司？藍奕邦十五十六拿不定主意，媽媽開口：「阿邦，你可以的，如果你不行，我老早便告訴你轉行。不要以為自己不行，我作為媽媽，都想見到你紅。」

加入新公司，出唱片，第一首歌派上電台，媽媽進了深切治療室，母親的喪禮後的第二天，他如期舉行個人音樂會。

「媽媽會想見到我繼續工作。」他拚命工作，不讓自己傷感，直到半年後，管理處打電話來，說婆婆的家傳出惡臭。

媽媽是家中的靈魂人物，婆婆、爸爸甚至藍奕邦都是圍在她身邊打轉，突然去世，對每個人都很大打擊。

「媽媽去世，最初那半年，好得人驚，我像是沒有感覺，做事比平時更落力，出來嘻嘻哈哈的，很刻意告訴別人，沒事沒事，不用可憐我！我不想身邊的人擔心，更不要人可憐！」他一直撐著，直到八十多歲的婆婆出事。

媽媽不在了，藍奕邦每天都會打電話給婆婆，婆婆總是說沒事沒事。一天卻突然收到管理處電話：「婆婆的單位傳出一股惡臭，我們敲門，阿婆應門，但不肯開門。不如你來看看？」藍奕邦去到，才知道婆婆跌倒，倒在地上兩天不能動，排泄物拉了一地。

「我進到門裡，完全不知道發生什麼事，為什麼婆婆會坐在地上？她還說：『沒事，我喜歡坐著。』」藍奕邦把婆婆送到醫院，可是不久，婆婆中風，身體更差了。

藍奕邦擔起照顧婆婆的責任，陪她覆診、做物理治療。「婆婆不斷發脾氣，就算我推輪椅，也會說：『推什麼推？讓我死了好過啦！』我的心情也很壞，也沒有這樣發脾氣，為什麼婆婆可以天天找我出氣？那我可以怎樣？」

以前媽媽病，主要是爸爸去陪伴，現在爸爸時常在內地，藍奕邦這輩子第一次負起責任照顧婆婆，他非常非常想念媽媽，所有的傷心、失落，都湧出來：「我很無助。」

但生活仍是要繼續。他學會忍耐，嘗試不讓自己吸入太多病人的負能量，把哀傷轉化成力量。「成熟的分別是：你做的事，不再只是為自己。」他說。媽媽以前很懂得讓別人開心，無論工廠女工，還是商店的銷售員，都和媽媽打成一片，媽媽不在後，他也有點像繼承到媽媽的性格，變得外向。

音樂也不同了。以前他一直計算什麼應該做，什麼不，這場表演會為自己帶來什麼影響？但看著媽媽離去，原來很多東西都帶不走，現在會想：這個決定，自己開心嗎？喜歡嗎？要讓自己快樂，才可以感染觀眾，純然地問：這場表演可以帶什麼給觀眾？

他並且準備好，身邊可以有伴侶出現。

「看到媽媽病了，爸爸一直在她身邊，世間原來是有真愛的，那讓我好期待，生命裡好的壞的，都可以和一個特別的人分享。」他說：「我一直覺得愛情不重要，讀書和工作才是第一位。愛情是『責任』，好煩，可是現在知道『責任』大了，可是動力也更大。身邊朋友生了孩子，臉上流露出來的滿足，很安定。」以前他不要照顧別人，也不要人照顧他，如今，他發現自己喜歡照顧別人。

媽媽離開四年，成為了一個祝福，他把心門打開。

他從來沒有帶過伴侶見媽媽，可是有一天，如果真能和這特別的人，一起去媽媽喜歡的阿拉斯加，她一定很欣慰。

二零一二年底，在一片末世氣氛中，藍奕邦的歌在收音機播放：

那是一個美麗得要帶淚觀看的天地……
我是可以愛好一個人
結伴終老結伴拭去漫天的風塵
我亦可以被融化
像山水美麗如畫
他總會來帶著純的愛
一起去看阿拉斯加

流落廚房

峇里餐廳

梭羅的女孩

船開了，寶珠看到碼頭上的爸爸，愈來愈遠，突然才想到：從此就是自己一個人了，不知道會漂去哪裡，眼睛開始模糊。

也不知道何時能夠再見家人，淚水終於滴下來，再也止不住。

一個人走到甲板旁邊，一直哭，一直哭。

中國最多人熟悉的印尼民歌，是《美麗的梭羅河》，寶珠就是在印尼梭羅出生。

爸爸是福建人，越洋到印尼討生活，後來回鄉娶了寶珠的媽媽，媽媽的舅舅都跟著過去，華人就是這樣一個家人接一個家人的，在上世紀二、三十年代，紛紛移居到印尼。

寶珠以下，還有十個弟妹。

一九五七年，寶珠坐上印尼華僑聯會組織的船隊，家裡就她一人「回國」。

「為什麼會回國？」我問寶珠。

「愛國囉！」她說完，有點不好意思：「那時候，太天真了。」

「國」這一字，可圈可點，明明印尼出生，中國只是個聽說的地方。二次世界大戰後，印尼脫離荷蘭殖民地統治宣佈獨立，向來與荷蘭人關係良好的華人首當其衝，被當地人排擠，印尼新政府不滿國民黨政府支持荷蘭，很快便與中華人民共和國建立邦交，新中國的宣傳如洪水湧至，五十年代初，華僑一批批地坐船「回國」。

寶珠說當時媽媽很反對：「媽媽知道內地的生活，問我：『你要回去吃苦？賣鹹菜？你自己甘願，到時候不要後悔！』她還嚇我要挑糞、種番薯，我不相信，反駁她：『那麼舒服做什麼？』

媽媽說：『好，反正女大當婚都要嫁出去，媽媽有什麼你都拿去，但不要後悔，你自己選擇的路，無得怨。』我寫了一封信給爸爸，偷偷放在他的桌子上，他比較愛國，就支持我。

媽媽把縫紉機、自行車、手錶、首飾、布匹……全部打包，十一件半米高的皮箱，嫁妝一樣讓我帶走。」

寶珠坐在船上掉眼淚，心想以後就只得自己了，沒料到會在這條船上，遇到未來的丈夫。

林家三兒子

華僑聯會的輪船，沿著印尼不同口岸接載華僑回國，梭羅是小地方，在大城市泗水，林貽忠上了船。

當時印尼萬隆的紡織業和製衣業，都由華人主導，林家就是從萬隆買布，再拉到泗水賣。在城市，「回國」是先進的表現，林家八個子女，六個都先後去內地，這一天，輪到林家第三個兒子。

「那時大陸剛解放，宣傳好好，大家一起愛國、回國，是我自己鍾意返內地。印尼的華僑從一九五三年到六零年，估計將近二十萬人回國。」林貽忠回憶：「在船上，比方有一百個回國青年，華聯便會十個人編成一組。」

林貽忠是唸數學的，數目分明，但他當時不知道的是一九五七，在中國是暗潮湧起的一年。

在這之前，全國充滿希望：推行土地改革、開始工業化、科學文化領域「百家爭鳴、百家齊放」……這一年開始接踵而來的，是腥風血雨的右派運動、成千上萬人餓死的「大躍進」、還有「文化大革命」。

林貽忠在船上，還不知道將會經歷這一切，他眼裡除了書本，就是同組那位從梭羅上船，哭個不停的女孩。

香港是意外

當歷史的輪子脫了軌，人人都給摔得不知身在何方，可是在哪裡跌下來，就得在哪裡過日子。

林家三兒子在廈門華僑大學唸數學，梭羅的女孩在天津唸高中，一直捱過了大饑荒的「困難時期」，兩人才在一九六三年結婚，婚後，林貽忠在天津大學的工學院教數學。

一九七一年九月被稱為「毛澤東接班人」的林彪墜機身亡，改寫了所有國內華僑的命運：周恩來總理宣佈恢復所有海外回國的華僑「來去自由」。

天津的單位對華僑相對寬容，只要申請「出國」，都會批准，林貽忠和寶珠馬上在七二年離開中國，來到香港。

林貽忠亮出身份證：「那時候中國和印尼斷交，所以都批准我們到香港，再申請回印尼，你看我的身份證的簽發日期：（07-72），我們六月來到香港，七月便拿到身份證。」

然而當時印尼拒絕這些華僑入境，由於內地支持印尼的共產黨推翻政府，兩國斷交，印尼封閉華文學校、禁止公開使用中文、華人不得從政從軍，一些曾經「回國」的華僑要偷偷回去印尼，隱瞞曾經離開，有些甚至要躲在家不出門，生怕被告發。

一九七二年開始，每一年，成千上萬的華僑離開中國，然後滯留香港。正值香港製造業起飛，印尼華僑都聚居在北角、觀塘、荃灣一帶的工廠區，在工廠打工。

林貽忠和寶珠，最先就住觀塘。

早起的鳥兒有蟲吃

早一點，遲一點，一切都可以不一樣。

說的是回國時間：五十年代初最早一批回國華僑，非常優待，想去北京、天津都可以自己選；五十年代後期回國，大多分配到特地成立的華僑大學；六十年代以後的，幾乎全部發放到雲南、海南島等地的農場，連讀書機會也無。

出國也是。

林貽忠哥哥的朋友，趁著六十年代初華僑還可自由出入，一早便來到香港，開工廠做假髮，賺到錢，為安置其後來港的親戚，開了印尼餐廳 Jakarta restaurant，也請了林貽忠來幫忙。

林貽忠自己亦能創業。可是八十年代才批准出國的顏先生，有了年紀，加上香港租金狂飆，就只能一直在峇里餐廳當侍應。

林貽忠進到 Jakarta restaurant 工作，太太很歡喜，一直叮囑：「餐廳什麼工作都要做，不要挑剔，有機會學東西就好了。」林貽忠也很勤勞，別人不肯做的，都認真做好。

他本來，在大學教了十一年數學。

當時的 Jakarta restaurant 在佐敦北海街，客人比較複雜，會有小歌星來光顧，晚上一直開到凌晨四點。後來老闆的親戚要結婚，就請寶珠到廚房幫忙做雜工。

「我本來什麼都不懂，連看訂單的菜名，也不曉得是什麼，從前在印尼都沒食過，但我很用心去學。結果老闆看我們兩夫婦都用心，把我們也算作股東。」寶珠說當時便有了想法：有一天自己也要創業：「我媽媽告訴我：省食省用沒有用，財富是要創造的。」

七十年代國際爆發石油危機，香港實施燈火管制，餐廳生意走下坡，股東也有不同意見，老闆就把生意結束，取道新加坡回印尼。

林家毅然把所有儲蓄拿出來，在附近的南京街開餐廳。餐廳叫 Bali restaurant，因為峇里比耶加達，更為香港人熟悉。

三十五年一眨眼

眼看明天就要開張，餐廳還欠九張椅子，可是戶口一分錢也沒有了。

寶珠終於拿起電話打去印尼。

來港兩年多，兩夫婦一直在存錢，丈夫的印尼親戚經常來香港，每次給紅包，兩人都存起來，連同拚命省下來的工資，七拼八湊，勉強有三萬多塊，但還是不夠，多少年，寶珠都不曾向外家要錢，這次是第一次開口。

「媽媽知道我要開餐廳，很驚訝，家裡從來沒有人煮菜的，她第一句話就說：『辛苦生意。』後來交代弟弟妹妹：『姐姐最辛苦，如果她需要什麼，你們有能力一定要幫忙。』我自小帶大弟妹，媽媽和爸爸忙著做家俬生意，弟妹連臍帶都沒掉，我就要照顧。所以我一開口，十個弟妹，一人一千已經一萬塊了。」

一九七五年，峇里餐廳順利開張。最初，只能勉強維持。林貽忠對外，太太顧廚房，她坦言：「我在印尼從來沒有煮過印尼菜，迫得看書照辦煮碗，白天當黑夜，黑夜當白天，一直撐，一天都沒有關過門。」

第二年，生意居然慢慢好了，還有人為爭座位打架！兩夫婦下決心，把隔壁也租下來。不久，同是印尼華僑的阮先生來當大廚，阮先生的父親曾經在印尼中國領事館做菜，父子都煮得一手好菜，峇里餐廳終於上軌道。

寶珠很高興，和弟弟妹妹去日本旅行，回來，丈夫竟租下偉晴街一間舖，說要開分店。

「男人一勝利就沖昏頭腦！」她今天說起來仍然生氣：「兩間店根本顧不來，說分店給哥哥打理，又讓弟弟妹妹入股，結果虧損了三十多萬！」

「林先生是想照顧家人嗎？」我一問，林太太居然拍桌子！

「這個店，我丈夫五個哥哥弟弟妹妹都在這裡過日子！這些年來，幫忙申請來港、幫忙小孩讀書，我這個角色，說起來很辛苦，盡了責任，但他們還不見得很滿意。不愉快的話題很多，弄得我心裡很多創傷。」她禁不住吐苦水。

親戚在內地都是專業人士，來到香港要在餐廳服侍客人，心裡難免不舒服；當嫂子的守著餐廳，回想當初一路走來的辛酸，也覺得委屈，夫婦間偶有磨擦。眼前的寶珠，有點意興闌珊：「現在大家的孩子都大學畢業了，生活都穩定了，我也老了，累了。」

歡迎登入網絡世界

林貽忠在餐廳忙個不停，一邊走來走去和食客打招呼，熱心推介菜式，一邊顧著收銀機，不斷接訂座的電話，送貨的來到，又寒暄一陣。

他一看見我，便問有否聽過一個本地熱門的食評網頁。

我點點頭。

「現在來訂位的，十個八個都是小姐，都是本地人，還有很多人來做生日。那網頁經常寫我們：食物新鮮不新鮮、好不好吃、價錢值不值，都會寫出來。」他一口氣地說了一堆網上的評價，然後總結：「十個人，七個寫得好，三個不好，那是不對口味；但如果七個都說不好，三個說好，那就死啦，沒人來了。」

二千年開始，網上陸續出現峇里餐廳的食評：食物正宗、老闆好人、播印尼卡啦OK，氣氛熱鬧……不少香港人因此來光顧，看見大門外，貼著印尼空中小姐的人形廣告，推門進去，竹子牆紙上貼著生日快樂的顏色字；木柱間，一整年都掛著慶祝聖誕的裝飾——「嘩，好印尼啊。」這是峇里餐廳獨有的印尼印象。

為了應付這愈來愈多的香港年青客人，廚子和老闆還一起想出新菜式：牛油炸雞翼。

在印尼，炸雞很普遍，但很少只提供雞翼，峇里餐廳的雞中翼，保留了雞槌和雞翼尖一小段的骨頭，炸起來才不會縮小，調味有醬油、糖、檸檬，有點像上海的糖醋。這幾年，餐廳甚至也賣雲南米線。

「佐敦多賓館和酒店，很多內地遊客，不敢吃印尼菜，那我們的米線才十八塊一碗。有時餐廳冷清，內地客可以帶旺氣氛，如果餐廳生意多，就說：『師傅收工了，沒有米線！』」林老闆笑著解釋。

怎會懂得煮米線？

「我有個親戚從雲南出來，教師傅做的。」他說。

爪哇來的莫家

峇里餐廳整個閣樓，都是廚房。

Mulyadi 在做菜：兩片半圓扎肉相反方向放，中間加一段蟹柳，就是「蝴蝶」了（好胖的蝴蝶！）放兩塊印尼薯仔牛肉餅、加幾粒香港的炸帶子、炸蟹鉗，幾塊巴東牛肉，又伴著滷蛋、炸魚，而中間是福建人喜歡吃的海蜇——印尼華僑混雜的文化和歷史，彷彿都展示在這拼盤上。

以前在印尼，做菜嗎？

Mulyadi尷尬地搖搖頭，那笑容跟我同樣問林貽忠和太太時是一樣的。一九九七年政府准許輸入外地專才，林太太托印尼的弟弟，從家俱工廠找可靠的工人，到餐廳廚房幫忙。Mulyadi當時三十歲，想賺多一點錢，便來了。

他弄完拼盤，開始炒飯：炒蛋，放牛肉、雜菜、白飯，然後是很多很多的印尼甜醬油，很快一碟印尼炒飯便做好。

「這些，要不要，一定要做，慢慢、慢慢做。」他用廣東話對我說。

峇里餐廳還有兩位華僑大廚，一直幫忙的阮先生已經七十多歲了，另一位擅長做印尼菜的顏太太，也煮了三十多年菜，兩人都是兼職幾個晚上，巴東牛肉、咖喱雞等早早做好了，Mulyadi來港十一年，還是主要負責翻熱上碟。

午市過後，Mulyadi的太太帶著女兒來餐廳看丈夫，那小女兒才兩歲，臉圓圓的好可愛，老闆娘馬上抓一把糖果，塞到她手上。

莫玉兒，兩歲，在香港出生，爸爸因緣際會從印尼中爪哇到香港做廚師，媽媽也從印尼來香港打工，兩人在香港認識，結婚。

雖然有中國的名字，但玉兒其實不是中國人。

印尼愛吃

探婆婆

每一年，我都會去印尼。

不，不是去陽光海灘的峇里，也不是列入世界文化遺產的婆羅浮屠，我只是待在耶加達市郊一間小平房，我婆婆的家。

自小便仰慕婆婆的膽識和智慧，她七十多年前從福州飄洋過海去印尼，管旅館、做醬油、建工廠、開農場……人生每一頁，都沾上了舊時代的傳奇。雖然我在香港她在印尼，很久才見一次，但很喜歡跟她談話，她總能讓我有新看法。

婆婆也是巧手廚子，如同一眾華僑，在異地落力營造家鄉味道，婆婆會教我釀「紅糟」、一起包「燕皮」……兩婆孫很是投契，笑笑說說，不時聊到夜深。

「這是我的『好朋友』。」婆婆曾經指著我對舅舅說。

螃蟹米粉

打開冰箱，空空的，什麼都沒有。

「真好！有地方放東西！」我嚷著，心裡卻是酸酸的。以前我還沒到埗，婆婆已經劏雞殺魚，預先把冰箱都塞滿了。婆婆九十多歲了，身體大不如前。去年她跌倒骨折，左邊大腿施了手術，剛剛能站，又跌倒，右邊大腿骨又碎了，她都不願多說話，躺著，忍痛。今年她能拿著枴杖走路了，然而聽覺退化得很快，我們已經沒法像以往那般閒話家常。我能做的，就是煮給她吃。

親戚從機場接我到婆婆家，我都會要求順道去大型超級市場。耶加達很大，沒有汽車，便如沒有腿。婆婆家有賣菜的小販經過，但肉類得坐車去菜市場買，我不懂印尼話，超市是唯一選擇。雞、牛、蝦……甚至回教國家少見的豬肉，都可在超市買到，車子駛到婆婆家，我除了行李，還有四、五袋食物。「Bring Your Own Food！」我開玩笑說。

在香港我極少下廚，在印尼的親戚間卻大有「名聲」：紅燒魚、糖醋排骨、豉油王炒蝦、酸梅鴨、梅菜扣肉、花生炆豬尾、牛骨炖蘿蔔……甚至鱔糊！這些菜，我從來沒煮過，在香港也不敢試！好在婆婆是福州人，不熟廣東菜，加上我炒得有聲有色，上桌又架勢，無論味道如何，她都會大讚特讚，我更大著膽子亂煮。

在婆婆家足不出戶近一星期，下飛機那天買的菜都吃光了，終於等到有晚親戚有空，帶我去超級市場，我買了大堆食物，包括一隻大螃蟹。

能做「避風塘炒蟹」嗎？要先炸一堆蒜頭？螃蟹要炸嗎？緊張兮兮的，從來沒煮過這樣大的螃蟹！婆婆說她家鄉的煮法，會放蛋一起炒。蛋？婆婆說不清，我反問又聽不清，只望那螃蟹好好活到明天。

早上起床，桌上一碗螃蟹米粉——婆婆竟然煮了給我當早餐！

前一晚不斷給蚊子咬，睡得很差，看見那米粉，大大地生氣，攤在沙發不肯去吃。「你是客人，總不能天天煮菜呀……我想做福州的煮法給你試啊，不過沒有放雞蛋……」婆婆落力解釋，我還是氣，非常無禮貌地坐著，真丟臉！老遠來到，難道是來生氣的嗎？煮菜也不過是討婆婆開心罷了……

「哪有人一大早吃螃蟹！」我半氣半笑地說，婆婆機靈地哈哈大笑。其實那碗米粉，鮮美至極，我悄悄把螃蟹拿出來，吃完米粉，靜靜把蟹肉全挑出來。

午飯，在婆婆面前放下一碗薑葱炒蟹肉，她什麼都沒說，照例大讚，吃得津津有味。

街邊滿小販

凌晨四點多，祈禱聲從四方八面傳出來。

印尼民居，幾乎每轉個街角就有一間清真寺，旁邊多半有一座高塔掛上擴音器，一到祈禱時間，教士或頌經或唱詩，非常激動。這樣的廣播，一天會有五次，最響亮的，就是在大清早。公雞高啼、小狗狂吠，太陽架勢地露臉——生活的布幕，拉開了。

「Do me so do! Roti, roti, homemade bakery」小販播著音樂，騎著腳踏車經過，「roti」是印尼文「麵包」，本來指傳統一片片貼在烤洞裡烤熟的「薄餅」，現在都成了西式的白方包，一包包整整齊齊放在腳踏車後的玻璃櫥子。突然，又有另一首歌傳來，「Holland bakery! Holland bakery!」另一部腳踏車出現了。荷蘭曾經佔領印尼，荷蘭麵包店最先引進西式糕點，在上世紀風靡一時，舅舅就聽過中學的女同學憧憬滿滿地說：「如果我嫁到有錢人，就可以天天吃荷蘭麵包。」大商店也來跟家庭企業競爭，兩個小販比賽似的在街上來來回回，音樂聲此起彼落。

「Bacang! Bacang!」乍聽還以為有人罵：「八婆！八婆！」那是印尼的糭子，腳踏車後是扁扁的鐵盒子，小販播著霸氣的錄音帶，氣定神閒地駛來。印尼的糭子也用糯米，但僅僅用牛肉或雞肉，細細切了，用當地特有的甜醬油煮，香噴噴的，糉子打開，幾乎一半都是肉碎，幾口便可以吃完。

賣魚乾的小販，單調地播著：「噹！噹！噹！」的聲響；賣牛丸米粉的，拿個調匙敲打手推車的鐵手把，叮叮噹，噹叮叮，hip hop 音樂似的；賣醬料雜貨的走過，就是嘴裡低聲吆喝：「胡~胡~」竟然也能傳到老遠。

「叮叮，叮叮！」腳踏車清脆的鈴聲，我最喜歡的刨冰車來了！那是一個年青斯文的男子，腳踏車頂著一大個鐵櫃：一瓶瓶的涼粉、紅西米、椰青肉，各種顏色，非常吸引，其中一種是印尼獨有的發酵木薯 tape，香甜軟滑散著酒香。

我遞上碗，男子細心地這個加一點點、那裡添一點點，還切開一個新鮮的牛油果，刮下果肉，然後，他打開鐵箱拿出一塊冰。只見車邊有一小塊透空的木板，中間有一條狗牙刀片，男子使勁地把冰在木板上來回擦動，碎冰就在木板底掉下來！轉眼間，雪花蓋過七彩繽紛的水果，堆成小小的雪山，先是淋下香草糖水，然後再用煉奶打格子——這麼一大碗刨冰，我幾乎每天都會吃一碗！

午後，學生下課回家，小販就更忙了。這是雪糕車出動的時候，有別於香港的汽車，或是撐著太陽傘的腳踏車，印尼的雪糕車屬於不同的雪糕公司，小販穿著公司製服、播著廣告歌、腳踏車後的小冰箱就只賣那公司的產品。要挑別家公司的冰條嗎？

留心聽歌吧！三十多度的高溫，雪糕小販穿著長袖外套，都熱出一頭汗，仍然笑嘻嘻的。

然後還有各式各樣的印尼糕點，像要爭先在晚餐前，填飽小孩的肚子。夾著紅糖的綠色小發糕，是最好辨認的：小販後面就是一個蒸籠，糕熟了，水蒸汽自動「嗚嗚」作響。

清真寺又響起了廣播，晚上六點了，這次是輕柔的詩歌，溫婉地在大街小巷迴繞，悄悄把夜色留下。

表妹吃大餐

「在這裡，頭盤、主菜、甜點都能一次過吃遍！」表妹高興地對我說，她在美國唸書，放暑假回家，被她父親，即是我舅舅指派帶我上街。

她平日總是去 shopping mall，可是印尼的商場與香港一樣，都是 Sogo、Seibu 等，我去厭了，表妹於是帶我去她高中時學德文的歌德學院，那一帶的小巷子，散落不少小攤子，她下課後，就在這填飽肚子再學德文。

表妹的頭盤，是Siomay。Siomay說起來，就是廣東人的「燒賣」，但那賣相味道，簡直是誤墜風塵肥腫難分！首先是雞肉換了豬肉，誰叫印尼是回教國家呢？但用什麼肉其實都沒大分別，因為都是粉雷雷的一大團粉，連雲吞皮也省去了，奇怪是鍋裡還有捲心菜、豆腐、苦瓜，吃燒賣居然有配菜伴碟，但最最重要是放大量甜醬油、花生醬、辣醬——這時看來，又像是我們的腸粉了！那味道，像腸粉，滿口都是醬料。

「主菜」是表妹認為全耶加達最好吃的Soto Mie，Soto是一種香料，Mie取米粉的諧音，可是Soto Mie會用油麵摻雜米粉，與馬來西亞的麵食一樣，那湯料裡有牛腩、炸春卷、再灑上炸蝦片。

印尼菜還有一個主要的菜式：Soto Ayam，在Soto湯內加雞肉，配飯食的。「為什麼Soto Mie不可以用雞肉？我比較喜歡食雞絲米粉呢。」我隨口問。

「不可以！」表妹反應很大：「就像Pizza不會跟粥一起吃啊！」

Soto Mie一定用牛腩配麵，Soto Ayam一定是雞肉跟飯，彷彿廝守終生永不分離，表妹的語氣相當肯定。調味可以變化，但配搭不變，細看滿街小販的玻璃櫥子外，都清清楚楚寫明食物的名稱，每家賣的，原料做法都是大同小異。而且連賣Siomay的，必然放在藍色白點的鍋子裡，是使人聯想起中國的青花嗎？印尼小販，非常有「規矩」。

甜點當然是刨冰，這家冰與我家門前的不同，用上粉紅色的雪花冰，叫 Es doger，意思是令人醉倒的冰。好玩還有街頭的汽水，因為瓶子要回收，汽水會倒進塑膠袋。小販先在袋子放一堆碎冰，再倒汽水，可憐那支可樂倒進袋裡，一半成了泡沫。

歌德學院正好有攝影展「Another Asia」，參加者全是東南亞的藝術工作者。我跟表妹，都給一系列的家庭照片吸引過去。

相片有四組，每組都有一百張：第一輯是全家福，一家大小嚴陣以待，表情好認真！第二輯家庭成員中，主角都是穿「制服」的，軍人、護士、或者畢業生戴著帽子。第三輯全是小孩，好好玩，他們坐的圓形藤椅，跟香港影樓用的一模一樣！最後都是結婚照，中國式的、印尼式的、西式的。有意思是四輯相片，簡單地各有一個標題，順序：

「因為你」

「能夠成功」

「找到位置」

「永遠一起」

這就是家人。

夜裡排檔

「大排檔」Kaki Lima，是印尼夜裡最誘人的一道風景。

街頭巷尾馬路邊，到處都有這些大排檔，頂起帳篷，周邊拉起橫額，亮起燈，每個都自成一格。小販亦踏著腳踏車，繼續遊走大街小巷，彷似血液流動，為這城市的夜歸人填飽肚子，有時幾個小販一起停在街角，馬上就是小小一個「food court」。

簡簡單單一碗麵，有兩個選擇：Baso Mie，或者 Mie Ayam。前者是牛丸麵，小販就是一鍋湯、一籠牛丸，灼了青菜、米粉，加上牛丸、淋上湯便成了，不可或缺的，自然是辣醬。後者則是雞肉拌麵，碗裡先放調味醬汁，粗麵熟了混進去，上面再加一勺雞丁和——辣醬。記著，兩種麵的小販是分開的，玻璃櫥子寫得清清楚楚，一位小販不會同時賣這兩種麵。

婆婆總是怕治安不好，我晚上甚少外出，這天跟表妹一起，一碗麵是滿足不了我的。拉著表妹，盡挑奇怪的食物。像泥鰍 Pecel Lele。橫額先聲奪人一頭胖嘟嘟的塘虱，進到帳篷，地下一桶活塘虱，隔壁一桶劏好了都泡在黃色醃料中，浮面的還有幾顆青檸，然後就是一大鍋滾油了，生與死的距離，還不到兩呎地方。塘虱一放，滾油猛地濺起，轉眼炸得異常香脆，魚尾巴酥軟可口，裡面的肉卻是柔軟香甜，拌著九層塔和青瓜，一眨眼，吃得只剩一條魚骨。

大著胆，又試了羊雜湯 Sop Kambing。那兩盤羊雜，真是什麼都有！舌頭、耳朵、胃……還有說不出來的部份，有一堆，我相信是睪丸來的，而羊腦給切成小塊，用葉子包住。嘗試每種拿一樣，有些可真的下不了手。小販接過去，利落地切成小塊，加上新鮮番茄，都用滾燙的羊湯灼兩遍，然後在熱騰騰的羊雜上，加上數不清的調味醬料，最後，一勺羊湯。那湯，雪白濃稠的，真是鮮味！羊腦很嫩，其他說不清的部位，有的脆口、有的煙韌，味蕾可真忙個不停。

表妹點了 Ayam Goreng，這可算是最常見的印尼菜了，咖喱雞拿去炸，連著白飯吃，當地人還會加上炸豆餅 Tempe。「在美國唸書，習慣嗎？」我問表妹。「還不是食炸雞！」她聳聳肩，放一大調匙辣醬！

印尼華僑的孩子，多半會送去外國唸書，幾個表弟表妹都去澳洲，耶加達去珀斯，機程才兩小時，有些為了學中文，會先送去新加坡，像我表弟便是去新加坡唸中學，然後去墨爾本唸大學。他們千篇一律都是讀商科，因為回到印尼，都得接管家族生意。

陪我一起大吃大喝的表妹，從小喜歡音樂，打鼓夾 band、吹喇叭參加軍樂團，但在美國還是唸工商管理。在印尼，做生意似乎是華人唯一的路。

「世界上只有兩種人，一種管人的，一種被人管，那當然就要當老闆！」這是舅舅的信念，他也一直力勸我學做生意：「如果要寫書，一定要先做市場調查，研究暢銷書的內容有什麼特點，那才會成功！」如果我生在印尼，根本不會寫文章。

島嶼的味道

在印尼，味蕾最是忙不過來。花樣繁多的味道，來自變化多端的土地，這國家就像一串珠鏈子，隨手給扔在印度洋和太平洋之間，零零落落，一萬七千座大大小小的島嶼，二億多人來自三百多個種族，散布其中。幾乎每個族群、每個島嶼，都有獨特的土產和烹調技巧。

「你怎麼會愛吃印尼菜呢？」婆婆不解地說。難道老遠來到，吃那雜碎式的中國菜嗎？我心裡嘀嘀咕咕。偶爾親戚外出聚餐，我都要求吃印尼菜。在香港，印尼菜不外乎沙嗲、炸雞、炒飯，但其實印尼菜有數不盡的派別，每頓飯都可有不一樣的滋味。

就拿一道牛肉：印尼西部蘇門答臘受中東和印度影響，口味偏辣，拿手好戲是巴東牛肉Rendang。地道的巴東牛肉和香港吃到的遠遠不同——關鍵在於椰絲。椰子切得細細地，慢慢炒至金黃，火猛會燒焦，只能讓藍色小火焰輕輕地跳，拿著勺子翻來覆去起碼要炒大半小時！另一邊廂，一塊塊的牛肉用辣椒、紅蔥、香茅、南薑等香料炒香，倒進椰漿，再放點芫荽籽、大茴、小茴，用小火把牛肉都炒得香軟熟爛，這時大火一燒，成堆椰絲放下去，正好把牛肉的精華都吸去。那咖喱椰絲，用來夾麵包比肉鬆好味多了！

印尼東部馬杜拉島產鹽，菜式也就理所當然地偏鹹。我最愛吃那黑漆漆的牛肉湯飯Rawon，秘訣在於那印尼特有的黑果Kluwek，散發獨一無二的香氣，令肉湯濃烈而不膩。吃時有兩樣配菜：生芽菜和鹹蛋，生芽菜辛辣的草青味，散落湯中，豐富了口感和味道。

至於首都耶加達所在的爪哇島，荷蘭將近四百年的統治，加上華人近百年來的經濟影響，偏愛的，是甜味，個個廚子都手執一支甜醬油。像這一天，我們光顧的館子，菜式來自的是離耶加達兩小時車程的萬隆。萬隆被稱為「爪哇的巴黎」，是涼快的山城，外國人湧去峇里曬太陽，耶加達的人們卻喜歡去萬隆避暑。這個旅遊勝地，盡得爪哇菜的精華，只見每樣菜式，都是經過細熬慢炖。

我喜歡看印尼人做菜，那是少點耐性也不行的。家家戶戶都有一個石舂，石棒前前後後地推磨出各式各樣的醬料，香料放進石舂要排隊：先是硬的香料，像種子果仁等，然後放辣椒南薑等相對軟的，接著是充滿水份的例如紅蔥蒜頭，最後按需要加入油、椰漿、果汁等汁液。肉類醃進這醬料，起碼要過一個晚上，翌日細細炖煮過後，再用油猛地炸香！酥脆的炸魚、香噴噴的咖喱雞腿、濃郁多汁的牛肉片……我吃得津津有味。

「真是奇怪。」婆婆又搖搖頭。在婆婆心中，印尼和中國永遠壁壘分明。馬來西亞有娘惹菜，說是當地華僑混合中國特色的馬來菜餚，但我很懷疑印尼究竟有沒有娘惹菜，爪哇不錯是有很多印尼小食轉化自中國菜，然而我很少見到華人會把中印兩種菜式混合煮，中菜是「純正」的。

在我親戚裡頭，沒有華人和印尼人結婚；誰誰誰沒有孩子，抱了一個印尼男孩回家，一直是親戚間的話柄。印尼排華的陰影一直揮不去，在很長一段時間，不可學華語、不可公開慶祝農曆年，所有華人，都必須有印尼名字。現在當然時勢變了，華語報章如雨後春筍，農曆年初一是法定假期，甚至愈來愈多印尼人學普通話。但中印之間那條間隙，或隱約、或顯明，始終存在。

細姨的蛋糕

印尼吃的故事，還有一章，缺了這塊整張拼圖都不完整，然而這一塊，是永遠找不回來了。

那是細姨的蛋糕。

婆婆生了四女兩男，但所有孫子最愛黏住的，都是年紀最輕的細姨，連我和弟弟在香港出生，都是細姨特地坐飛機來幫我媽媽做月子。她不時來香港，我們從小就有感情。細姨脾氣很好，對小孩特別溫柔，而且自己也愛玩，聽到什麼有趣故事，會跟小孩一起咯咯大笑。細姨也貪吃如小孩，最愛吃甜點。

「我們來做雜果冰啊？」無聊時，細姨會打開冰箱，看有什麼水果甜食的，然後拿出她的刨冰機，做起刨冰來，她愛用紅顏色的玫瑰糖漿，加上煉奶，比街上賣的更好看！

「冰箱沒有水果……」眼見孩子要失望了，她笑瞇瞇地說：「那我們自己做『珍多冰』好了。」嘩，孩子的眼睛馬上亮起來！「珍多冰」那一粒粒的粉圓，現成有就有一包包粉末出售，原料大概是木薯粉，摻進綠色的食用色素。細姨先用小鍋子把粉煮成濃稠的漿糊，熱得直冒氣，然後準備一鍋冰水，神奇的地方來了：她拿著一個隔油的不鏽鋼筲箕，放上粉漿，再用調匙壓下去，熱騰騰的漿糊從筲箕的洞裡擠出來落到冰水，馬上便成了一粒粒煙煙韌韌的粉圓！

印尼廚房都有椰子紅糖，廚櫃也總是有一、兩包椰子奶粉，以防一時買不到新鮮椰漿。椰糖煮成糖水、椰奶開水，細姨很懂小孩的心理，特地拿出漂亮的玻璃高杯子，放碎冰、綠粉圓、褐色的椰糖漿、最後淋上雪白的椰子汁——頂多半小時便做好了，簡直變魔術一樣！

如果那天細姨很空閒，還會做「千層糕」：也是那些木薯粉，一鍋加椰汁，一鍋加咖啡，然後淺盤子先倒一層椰子的，放冰箱硬了，再放一層咖啡的，如此一個下午過去，褐白相間的「千層糕」便做好了。小孩子沒耐心等，就負責「洗鍋子」——鍋子黏著的粉糊，都給我們用手指刮去吃了。

細姨真正的「拿手好戲」，是蛋糕。那個年頭，印尼流行裝飾美麗的蛋糕，其實不過是最簡單的海綿蛋糕，但會用奶油巧克力等極其精緻的裝飾，例如把蛋糕切出輪船的外形，濃郁的奶油摻不同的顏色，畫油畫似的厚厚把蛋糕修飾起來，再用巧克力做帆……幾塊蛋糕疊在一起，砌成跑道的形狀，鋪上厚厚的「柏油路」，然後放汽車等糖果造的模型……甚至是一座立體的城堡！

每個小孩子生日，前一天，細姨已經開始做蛋糕，按小孩子不同的喜好設計蛋糕的造型，每每到夜深，還在擠奶油做裝飾。那些蛋糕，漂亮得不忍切開！

在小孩眼中，彷彿從「糖果屋」走出來的細姨，命運遠不如她所造的點心甜美。丈夫比她更「愛玩」，兩人很早便離異，一九九八年印尼排華，她帶著兒子去紐西蘭，異地生活迫人，積勞成疾，二零零二年癌症去世了。

才五十二歲。

最後的一杯梳打

印尼國際機場有一家連鎖快餐店，我離開前，會點一杯 Root Beer Float。還記得「沙士」汽水嗎？八十年代在印尼很流行，這快餐店會在一個冰凍啤酒杯裡倒沙士汽水，再把軟雪糕一圈圈繞成小山似的，剛推出時，細姨樂瘋了，帶一堆小孩子去，每人都點一杯！雪糕遇上汽水，湧起好多泡，大家都得趕快吃，笑笑鬧鬧，轉眼就吃光一大杯。

細姨不在後，我每次離開印尼前，總會吃一杯，第一年吃著吃著，眼淚就流下來。當愛沒法說出口，我們只能吃進肚子。

我的故事

跋
巧克力餸飯

同樣一艘大輪船，由耶加達開到天津，船上有我的媽媽。

歷史是一連串錯亂，轉折來到香港，不，她沒有開餐廳，事實她從來都不喜歡做飯，第一次點火柴開爐，是二十歲。小時在耶加達，家裡有傭人，在內地讀書教書，總是有學校飯堂，來到香港才「淪落」廚房。我記得她趕著上夜校，手忙腳亂趕著把菜炒好了，卻不小心全掉在地上，哭著撿起來洗一遍再炒。也記得六歲生日，她難得成功地蒸了雞蛋糕。

「人為什麼這樣落後？就是因為要花時間吃飯！」這是我小時媽媽經常掛在口邊的說話。我沒遇過更討厭煮飯的媽媽了，她很快便想出「解決」辦法：每星期買一次菜，一斤豬肉、一斤牛肉、一斤雞腳……反正就是七斤肉類，然後再買一大堆蔬菜，通通塞進冰箱。每天早上，就是用醬油把肉煮熟，鑊子也不洗，直接炒青菜。

媽媽教鋼琴，從早到晚都有學生上門學琴，我們家很少一起吃飯，我爸我弟每個人放學下班，午餐晚餐都是進廚房默默地對著那一盤又黑又硬的肉，夾兩箸黑色的菜，聽著學生滿是錯音的琴聲，默默吃完，默默洗碗。

這對貪吃的我，額外地難捱。也曾試圖進廚房，我做飯，弟弟都好開心！可是當我開始認真去圖書館借食譜，媽媽就不許我再煮菜：「唸書，不許浪費時間！」

媽媽真心不覺得食物重要，她小時還因為不喜歡吃飯，太瘦了，被婆婆送進療養院希望變胖一點。偏偏，媽媽三個妹妹都是烹飪高手：細姨擅長做甜品，二姨很懂得用香料，煮出來的印尼菜份外香濃，也住在香港的大姨姨，更是巧手，家常小菜都煮得好精緻。我最記得她常做的一道點心，把雞蛋牛奶麵粉攪和，煎出一張張柔軟輕薄的餅皮，細細包入奶油炒香的胡蘿蔔薯仔肉碎，沾雞蛋、麵包糠，再用焗爐焗得香噴噴！

每次去姨姨家吃飯，總會悲從中來：明明是兩姐妹，怎麼廚藝差那麼遠！

後來我去英國唸文化研究，包括食物人類學，寫出以食物紀錄香港的《香港第一》、關注城市農耕的《香港正菜》《有米》、食物浪費的《剩食》、甚至這本以食物為主題的人物訪問——食物在我的採訪報導中，奇妙地擔當頗吃重的角色，也許是童年的饞嘴一直得不到滿足，也許，是自小便察覺不同人對食物的態度。

雖然現在我迷頭迷腦寫稿，也會歎氣：「人為什麼要吃三餐呢？多浪費時間。」

偶爾跟弟弟談起小時吃過的東西，例如亂七八糟的薯仔豆腐湯，兩人會笑得掉眼淚。媽媽快七十歲了，獨自在澳洲唸幼兒教育，她有次說：「我就用巧克力餸飯。」

怎麼我們小時沒這樣的吃法?!

廚藝了得的大姨姨，獨生子林林和我一同長大，跑去美國唸攝影，再在台灣當新聞攝影師，太太怡欣是台灣非常棒的插圖師和版畫家。這本書，林林有份構思設計，怡欣畫插圖。期間，怡欣懷孕了，已經有產兆，還在傳畫稿給我！急得我打長途電話：「生孩子要緊！」

謝謝陳惜姿寫序，她曾經有一年是我的上司，當年就是因為我一篇人物訪問而邀聘，陳惜姿如今作為「良心媽媽」被廣泛認識，但她的人物訪問，在行內仍然數一數二。

謝謝《飲食男女》總編輯馬美慶給機會我寫人物訪問，三聯書店專業的團隊一直以來的支持，非常重要，並且衷心感謝每一位讀者，讓我可以繼續採訪。

謹把這書，送給林林和怡欣的孩子，以及我的媽媽。

好味

陳曉蕾 著

責任編輯 莊櫻妮
美術插畫 吳怡欣
封面設計 林林
書籍設計 嚴惠珊

出版 三聯書店（香港）有限公司
香港北角英皇道四九九號
北角工業大廈二十樓
Joint Publishing (H.K.) Co., Ltd.
20/F., North Point Industrial Building,
499 King's Road, North Point, Hong Kong

發行 香港聯合書刊物流有限公司
香港新界大埔汀麗路三十六號三字樓

印刷 中華商務彩色印刷有限公司
香港新界大埔汀麗路三十六號十四字樓

印次 二零一三年一月香港第一版第一次印刷

規格 特十六開（150 mm × 205 mm）二四八面

國際書號 ISBN 978-962-04-3355-9

Published in Hong Kong